XUNZHAO TUDI DE JINGSHEN
DADIYUEDU
GUIHUAGUANCHA
LVXINGZHAJI

寻找土地的精神

——大地阅读　规划观察　旅行札记

严忠明　著

中国建筑工业出版社

图书在版编目（CIP）数据

寻找土地的精神：大地阅读　规划观察　旅行札记 / 严忠明著.
—北京：中国建筑工业出版社，2010.8
ISBN 978-7-112-12224-0

Ⅰ.①寻…　Ⅱ.①严…　Ⅲ.①游记—作品集—中国—当代　Ⅳ.①I267.4

中国版本图书馆CIP数据核字（2010）第125200号

责任编辑：常　燕

寻找土地的精神
——大地阅读　规划观察　旅行札记
严忠明　著

*
中国建筑工业出版社出版、发行（北京西郊百万庄）
各地新华书店、建筑书店经销
广州友间文化传播有限公司制版
北京京丰印刷厂印刷
*
开本：172×229毫米　1/16　印张：14¼　字数：194千字
2010年10月第一版　2010年10月第一次印刷
定价：**28.00**元
ISBN 978-7-112-12224-0
（19511）

前　言

在清华大学房地产总裁班讲课时，我常常讲：出国就是生产力。学员们便大笑、鼓掌。我说，这不是开玩笑，我是认真的。在这个日益市场化的世界里，决策者的广阔视野已经成为一种稀缺资源，人的视野由此演变为一种与物质性能量相当的竞争力。而旅行是扩大人类地理经验的主要手段，是建立广阔视野的最重要方法。

远方总是充满了神奇与希望，这也许是鼓励人们旅行的主要原因。地球就是在历代的旅行家脚下，一点点变小的。马可·波罗的游记、圣方济戈·萨勿略的东方之行，使得东西方之间的距离变得可以理解和量度，尽管那遥远的旅程往往要以10年、20年来计算；而明代徐霞客等人的游历，也勾画出中国山山水水内在的脉络和结构，这种旅行使得人们对脚下的大地具有了一种宏观的理性认识。不过，同现代旅行者不同的是，历史上的旅行者没有时差概念，他们是慢速旅行者，很难从旅行中体会太阳和地球自转的关系。现代旅行者通过飞机旅行，已能够追赶太阳的步伐，体会区域时差，这正是现代高速旅行的不同特点。

时差体验可以看成是一个人参与全球化的深度。就去年我自己的旅行来看，我的飞行纪录已经有几十次之多，基本上是每星期一个来回。免不了既要在飞机上经历长长的白天，也要度过漫长的黑夜。所以有人总结我们的生活方式为：全球旅行、全国上班、飞机办公，这也许是中国融入世界的一个小小例证。

就目前的日常生活来说，我的工作主要是对各种土地进行规划，这个工作需要一种职业化的观察大地的方式，这些方式最主要的是鸟瞰。我们经常处理的土地包括城市和乡村，既有广袤的农田，又有大片的森林，既有复杂的城市，也有美丽的海岸线，而这些千差万别的土地，哪怕是对它的结构进行粗略的理解，也需要深厚的历史、文化和地理学知识。

地球上的每一寸土地，都是有其独特的精神气质的；有时候这种场地的精神显而易见、扑面而来，如巴黎；有时候我们很难在走马观花的瞬间，把握哪怕一个地方最起码的特征，如中国辽阔又非常相似的乡村景观，潜心研究和体悟成了必不可少的功课；旅行使我深有所感，理解复杂的土地特质，实际上是理解人的历史，这需要有阅历、视野和知识，尤其需要一种敬畏、谦逊与客观的态度。由此我始终觉得地理学是人类知识的书架，无论多么深奥的人类知识，最后总要归结到具体的地点和人物，否则就缺乏根基。

阅读土地当然需要一个包含多个学科知识的认知结构，一个对全球发展史的知识背景，但多年的专业经验也使我形成了一种认知模式：这就是从自然和人文两个方面入手认识陌生的地方。在自然因素方面，理解场地独特性的关键指标是纬度、海拔和降雨量；在人文方面，耕作方式、人种变迁、生活方式等本土秘史则是理解环境与景观的要素。土地景观的形成，就是这些自然和人文因素复杂交互作用的结果。

读万卷书，行万里路，就是不断拓展自己的视野疆域。马可·波罗时代的人们幻想东方遍地是黄金和玛瑙；我家的小小旅行家严思柔因为看过一本有关埃及的危言耸听的书，坚信埃及的木乃伊非常可怕，坚决不敢去埃及旅游；这一切都将在旅行者的足下不攻自破。以旅行积累视野经验，不仅是一种职业性问题解决模式，也是摆脱固有基本价值观的方法论。旅行是我的终身的修炼课程，我从这里感受了不同国家的文化，中国大地不同地区的地方精神，遭遇了种种不平凡的人和事，也让我形成了一种世界观，我称之为三真理念，这就是研究真问题、调查事件真相、说出真实想法。

旅行也常常是沉闷而令人疲惫的，我把它变得有趣的方式就是写作。在这本书里记录的，有的是一闪而过的思绪，有的则是经过深思熟虑的想法。在万米高空，白云之上，有的时候我们什么都看不到，这个时候，我们反而有机会回到内心，回到一种哲学思维状态。所以我常想，万里高空其实是一个充满灵性的道场。

飞行给了我阅读大地不同的视角。地球上原本陌生和毫不相干的地方变得相互关联，不同的文化之间也有了深层比较的可能性。而我的旅行方式正在训练一种类似鹰的习惯：保持高度，从高处观察，力图从大局上理解事物的结构和把握变化的机会。对于复杂的人生问题，也我常常提醒自己，要学会远离表面的现象，从总体上远观，要学会理解事物的整体结构，这就是结构性思维的含义。人在旅途，飞起来，往下看，不仅是一种个人的生活经验，更是一种人生哲学，它使我们把对视野的追求变成改善决策质量的关键，这就是本书的要旨。

作　者

二〇一〇年十月于深圳

目　录

三　我有所悟

四　坐而论道

一　飞越国界

上海人类学教授张江华曾经告诉我这样一个故事：曾经有一位从事田野调查的学者，在告别一个与世隔绝的原始部落时，这个友好的部落成员纷纷赶来送别，人们泪眼婆娑地担心道：真不知道你离开我们这个生活有意思的地方回去后，将来怎么生活？

听完这个故事后，我背上冒出冷汗。因为有时我们自己就是这些原始部落的成员，我们的视野和判断能力同他们并没有本质的区别。

跨国飞行的经验告诉我：所谓视野辽阔，就是飞临不同的城市，感受不同的文化，从精神上从原始部落逃出来。最重要的感悟是，原来人们在这个地球上，对同一件事可以有同样合理但截然不同的理解，不同的生活模式并不是可怕的异端，而可能是更好的选择。

从北斗星到南十字星下

前几年中国有一首著名的流行歌，名《好汉歌》。其中有句歌词唱道：大河向东流，满天的星星朝北斗。我曾在多个表演场所见过人们演唱，唱到这句时，歌者无不豪情万丈，如宣示一个普世真理。显然，以中国人的视野经验，这是一个不言自明的观察事实。

但如果你从中国的南部沿海城市起飞，再向南飞行约十个小时，越过赤道，降落在太平洋中世界最大的岛屿国家澳大利亚，恐怕你的判断和宣示就没有那么确定了吧。

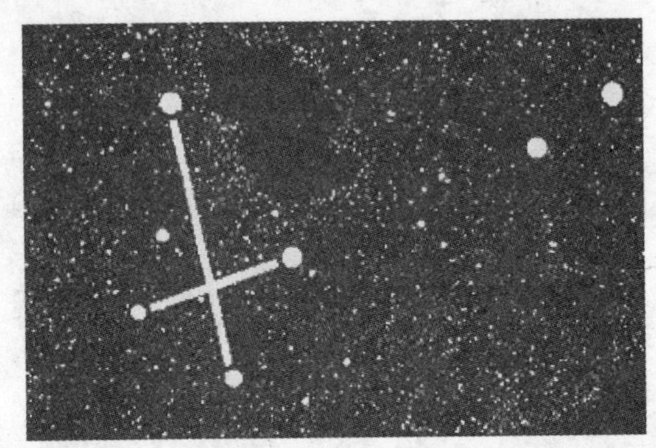

南十字星座

在澳大利亚著名的休闲度假城市黄金海岸，我参加了一次有趣的夜间旅游活动。这次经历可以作为我一直声称的个人的地理经验，决定其视野和认知模式这一看法的例证。

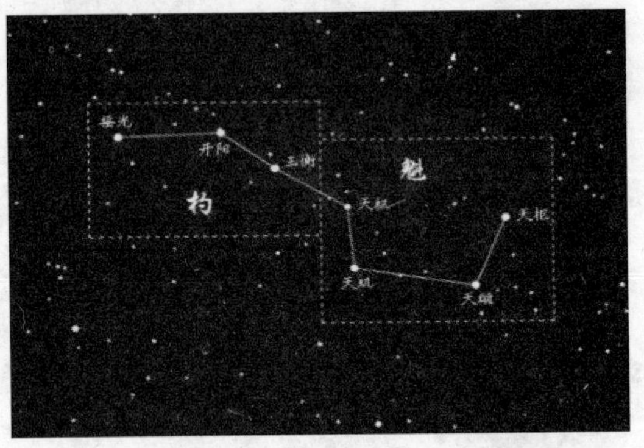

北斗七星

我们一组人在一位台湾导游的带领下，在夜幕中向山区出发，那里是澳大利亚自然桥国家公园，我们将探索黑夜中的神秘世界。这种旅游方式很新奇，好像没有哪个中国旅游景区有类似项目。

在导游的手电筒指引下，我们阅读了澳大利亚天空的繁星。原来，在南半球是看不到北斗七星的，自古这里在大海上航行的人们，都是靠南十字星指引方向的。故澳大利亚和新西兰的国旗上均标有南十字星，他们都宣称自己是南十字星下的国家。这一区别，标示着这里是中国以外的真正异域。

所有基于中国地理经验的判断都将在这里失灵，如我们认为有深刻文化含义的用词：泰山北斗、如星拱北等等。地球以它的广袤和硕大暗示了一个深刻的真理：山外有山，天外有天。

北半球与南半球，东方与西方，我们与他们，大家同在一个地球上，但又有着巨大的认知差异，巨大的价值观区别。对我们来说，在全球化的话语下，理解西方文化，有时即意味着站在我们认为不言自明的看法的相反面，重新审视问题。全球旅行的经历告诉我，所有矛与盾，一体两面，从两个方面看问题等等哲学命题，全是鲜活的，可以用地理经验验证的。

那位台湾导游在澳大利亚已居住多年，他称那些白种人——英国人的后裔为“洋人”。对中国人和洋人的区别，他有许多有趣的日常观察：

那些洋人同我们的思维有很大的区别。他们热爱自然，但方式同我们有别。近海，他们就想游泳冲浪；近山，他们就想登山。而中国人面对山海美景，更喜欢吟诗作画，所谓抒发心灵。这点，在黄金海岸的沙滩上看得分明，这里中国人和洋人大概各占一半，洋人多在游泳冲浪，中国人则忙于摆各种姿势照相。

澳大利亚疏旷的内陆景观

洋人食必分餐，不似中国人

在一个碗里夹菜吃；洋人热爱自然中的东西，如不像中国人那样怕蛇，但奇怪他们对蜘蛛、蟑螂却很害怕。洋人认为华人最难理解，最难接受的食品是皮蛋；华人最难接受的是洋人发酵的酸奶酪。

中国人喜居闹市，洋人则喜欢乡间山野；洋人尊重他人，凡事必照顾别人的反应。如买地建房子，其设计样式需经左邻右舍认可，确保整体区域协调。

如此等等，尽管这洋人的称谓有些复古，但我得承认，他的观察有道理。就以我的观察兴趣，这一路走过的海港城市，如悉尼、墨尔本、布里斯班和新西兰的奥克兰等，其选址和规划就同中国传统城市格局大异其趣；这里重视商业的城市设计和中国重视行政权力的城市设计思路，就有很大区别。至于新澳两国的田野和山水景观，更是无法同中国的农田和农舍比较。

这些海港城市一般选在海边的丘陵地带，有深水港便利通商，有美丽的海港适合生息休闲；城市起落有致的天际线，恰当地把自然山水和城市建筑结合起来，随处可供沉思遐想；人与城市的关系亲切自然，自由放松，很适合室外运动；相比之下，中国的内陆城市往往有强烈的紧逼感，过分喧哗，人只想呆在室内。

大尺度的山海与国土景观设计，表现了那种崇尚自然的英国传统风格。大面积的绿草地和山坡，巧妙地点缀着几株矮树和一丛绿林，传递着一种不可言说的优雅。无名的山岭在眼前一掠而过，让人直接面对自然，感悟自然的氛围；不似中国的山水，总是背负着沉重的历史负担，总是要同什么历史名人和传说扯上些关系。山水不美，就说大有来头，不知是旅游设计之过，还是中国文化的怪僻?

这给我一个启示，旅游开发不要只是挖空心思去找山水的文化含义，而应该着力把眼见的山水资源尽量设计规划得宜人，让人爱恋。设计是一种平衡过去的历史，规划现在与未来生活的工作，旅游设计要多体谅现代人的现实生活方式与感受。

海边美丽的原野环境，有一种远古的苍凉感

跨国旅游会带来强烈的对比，不同的地理经验会带来不同文化的智慧。深刻的差异和可能的互补就由此产生。有了这些经验，我们就会有兴趣重新反思我们的生活方式，我们的文化局限性，我们的基本价值观，甚至我们深信不疑的生活趣味、决策模式、沟通与谈判方式、民主与政治的机制等等。

地球不仅有北斗星，还有南十字星，这是一个重要的事实。如果我们在未来的许多决策中，能时时换一个星座下思考，也许会更加宽容、更加全面，这就是我理解的真正的全球意识。（布里斯班－香港 2007）

寻找巴黎城市规划之魂

我坐着法国的高速火车TGV跑遍了法国的东南部，从地中海边的蔚蓝海岸到普罗旺斯，再到与瑞士接壤的阿尔卑斯山区。这一路有一个不经意的发现。

越往法国的纵深小镇去，能讲英语的人就越少，在格林诺贝尔和安拉西几乎已无法用英语交流。但这里的人们比巴黎人衣着更华美讲究，特别是很少见有人穿牛仔裤；城市环境也古朴优雅不逊于巴黎，几乎见不到高楼大厦。这使我强烈感觉到，北京的蔽日高楼和深圳的牛仔青年，其实全是美国腔调的二手货。

骨子里的法国拒绝向英语世界投降，但巴黎依然被称为世界的都城，这其中的奥秘是什么？这勾起我观察巴黎的浓厚兴趣。

巴黎对我来说很安静，这同我在成都和重庆穿越大街小巷的感觉是不同的。没有扯着嗓子叫的各类广告声，当然首先也许因为我不懂法语，一切叫嚷

坐在咖啡馆让那杯浓浓的咖啡在口中一滴滴地融化，就像巴黎的阳光在Saint-Germain des pres教堂前壁上一点点消失，这就是巴黎的味道

都对我无效。其实，更深层的原因在于，巴黎改变了展示自己的方式，城市本身已成为一个巨大无比的展示空间，它用一种震撼性的空间语言说服世界。

对于一个外国人来说，阅读巴黎有三种最佳的方式：坐地铁、逛街和泡咖啡馆。

巴黎在地下有一个四通八达的铁路网络。地铁上的乘客很杂，我估计约有40%是黑人，30%是白种人，其他说不清来历的约占30%。语言也很杂，地铁的售票口总有在费力交流，力求沟通的人。我逛遍了整个巴黎后坚信，除了塞纳河左岸咖啡馆里端托盘的傲慢侍者，和凡尔赛宫门口穿高跟鞋的路易老爷是真正的巴黎人外，其余的人就难说了。从这点上看，巴黎是属于全世界人民的，每个人都有权利在生命的某个时段来巴黎住一阵子，声称自己是巴黎人。在15区一家旅馆的早餐间，一位皮肤白皙、鼻子还算高的东方女孩就是这么干的。她用一种奇怪的高亢腔调，同厨师喋喋不休地讲着法语。可我却从她一身的行头里品出了中国味道。后来她终于回忆起来，她能讲更地道的四川话。

至于逛街，发誓踏烂深圳每一条大街小巷的时髦青年可得留意了，如果你们这一生没有到香榭丽舍大街去逛逛，没有去蒙玛特高地去发过呆，那你们活着还有什么意义呢？因为所有的深圳街道都以入驻世界名牌为荣，广告上一直这么写；而这些所谓的世界名牌，都以能在香榭丽舍大街呆三个月为一生的追求。

车驶过街道，印象最深的就是街角的咖啡馆。用红布幔装饰的这个街道空间，是巴黎的一个焦点。那些一排排紧紧挨着，暧昧地紧紧挨着摆放的咖啡椅，好像一直在对行人倾诉：我已经等待你很久了，你还不来坐坐吗？好了，以下的文字就是我禁不住诱惑，坐在塞纳河左岸一个咖啡馆里，关于这个城市的一些思绪记录。

规划传统：比贞节更值得坚守

巴黎是真金白银打造的城市，不是那些一夜间崛起的所谓现代城。这不仅表现在那些石材的建筑方面，更重要的是表现在城市的空间结构和规划传统方面。

登上埃菲尔铁塔，很容易发现这个城市明晰的空间结构，赛纳河在城市中间划出一条美丽的弓形，分出城市的南北两部分。从河边的巴黎圣母院开始，向西北方向发展，通过凯旋门、拉德方斯形成一条明显的主轴；埃菲尔铁塔与赛纳河之间，也建立了南岸的主导空间结构；城市东北角高出的建筑群是蒙玛特高地；除这几处建筑较高大突出外，巴黎其余的建筑一律限高十层以下，所有层顶均为灰色，城市的主导空间和结构由此确定。

也许建立这个结构并不难，难的是几百年以来，巴黎政府一直坚守这个结构，并以规划管理的方式保证这种特色的延续。这在现代摩天大楼唱主调的城市时代，形成了独特的巴黎特色。由此所有的巴黎街道都能看见亮丽的天空和欧洲明黄的阳光，所有的建筑只挡风，不挡阳光。人们可以充分享受街角户外的活动。

法国不正是近代革命的策源地吗？他们如何能在几百年里大大小小的革命中，保持城市传统的连续性，这对我至今还是个谜。难道当年巴黎公社的巷战只是被喧染的传说？后来在看过先贤祠，看过巴黎人对卢梭、伏尔泰和雨果这些思想家、文学家而不是帝皇和权势者的重视后，我有一种猜想：可能法国的革命多在精神的层面上展开，他们不会在物质的层面上“破四旧”；而中国的农民式的革命，往往一把火烧了旧的物质世界，但心灵却无非帝王将相的旧模式的变种。所以，我有一种感叹，从历史的长周期看，城市规划的原则好像比政治上的贞节更值得坚守。

从街区细节看，巴黎的街道很少单幢建筑，设计上都是下商上居的围合模式，这些建筑都很注意同周边的协调性。在城市建筑管理方面，限高是绝对的刚性要求，但屋顶形式、窗户形状却充满多样性。各家露台上的花卉和盆景，充满了生活的气息，这种整体性追求也成为城市的基本语言。

巴黎的地铁，更是这种结构性思维的杰作。尽管巴黎地铁长达200多公里，线路多达14条，还有通往郊区的RER 五条线路，但乘车极方便，基本上换乘二至三次即可达市内任何目的地，且一票到底，不用在不同交通工具上另外买票。这种交通安排，实现了巴黎市各地点的平等关系，这就是结构性设计的魅力。

我在南部的游历证明，其实法国TGV高速火车的设计思路，也正是巴黎地铁设计传统的延伸。如果把法国中南部的旅游区比如一位美女的话，巴黎就是其高贵的头颅，阿尔卑斯山区就是其高耸的胸部，蔚蓝海岸则是其坐姿中伸长的腿部，而从阿维尼翁到普罗旺斯美丽的原野，则是她温柔的心。但是，这位美女赖以支撑的脊梁就是TGV高速火车，因为乘TGV从巴黎至马赛只需三个小时，时速可高达320公里。

TGV高速火车最重要的是实现了巴黎到各城市空间距离上的基本平等。TGV没有检票口，也没有奔跑呐喊的人群，没有广告，也没有肩挑手提的民工，只有悄声上下的度假乘客。我揣摩，法国的乡下人只不过是住得稍远的城里人，城里人则是不会开收割机的乡下人吧。

事实上所有法国的旅游，都是从TGV车站下来开始的；从TGV火车站下来，任何旅游目的地到区域中心城市的车程都在一小时左右，所以在法国的旅游是极方便的。这使得法国各地的消费也基本持平，住房和餐厅收费在安拉西小城与巴黎并无很大的差异。

法国人在公共系统方面完成的工作，让我觉得一种长期有效的规划政策和原则，其实可能正是一种最节约的、有效的投资策略。大处精明，也许是法国城市规划的科学传统和特色。

城市趣味：看与被看的空间

尽管空间分析的著作已汗牛充栋，空间分析的说法门派各别，但依我的经验，其实城市空间处理都是解决“看”与“被看”的相互关系。巴黎作为旅游城市，在这点上尤其有创意。

巴黎善于把一个人的历史，变成一个城市的传奇；把一段特殊的传说，变成公众的记忆。巴黎人用路易十四和拿破仑装饰城市，用巴士底狱和埃菲尔铁塔点缀街区，做成一个宏大的叙事背景，让人时刻有置身非凡历史中的感觉。

你在香榭丽舍大街看风景，你也成了风景中的异国情调。巴黎的看与被看的首选之地，恐怕就在这里。凯旋门标示着拿破仑的英雄传说，成为商业世界最好的广告；这里显然属于那些腿长身挺，不苟言笑，大踏步前进的女人们的：她们匆匆的脚步，其实不像是赶往某个目的地，而像是在T字舞台上走秀；又或者，电视里T字舞台上的走秀，是从这条街上获得的灵感。

这个城市另一个有趣的观察空间是蒙玛特高地，围绕一个小山丘形成的迷宫一样的街区和层层变化的空间序列，给了人们许多以适当距离相互打望的安全空间。纵使于红磨坊前那条我已叫不出名字的红灯区的大街，你也可以站在两条道路挟持的中间台地，安全地四处张望，不用担心有人会向你兜售一些你假装不明白的东西。

但如果依我的惰性去选择，我还是喜欢塞纳河左岸的咖啡馆。看与被看，在这里表现得淋漓尽致，其实被世界打望和观看、窥视，在这里已经成为巴黎的头号大生意。

塞纳河左岸的双叟咖啡馆，就是这样的一个绝佳之地。不过请谅解，巴黎的咖啡馆不属于胃，而是视觉的盛宴；这里的面包坚硬如皮靴，你需就着咖啡慢慢下咽，如品尝时光消逝的味道。当然，对中国人来说，这里还因为萨特和情人波伏娃曾在此以我们听不懂的语言窃窃私语而闻名。坐下来，你仿佛回到了1980年代读萨特著作的旧时光，有那种拜会旧友的感觉。

巴黎人说，只要你有耐心，在此一直坐下去，总有一天，这个世界未来最伟大的英雄和美人，都会在你面前走过；当然，你也可能因为这杯咖啡，加入到他们的行列。

巴黎的咖啡馆是街道上开放的怀抱，总诱惑你坐下来喝一杯

我走进这家咖啡馆的玻璃空间，发现自己立即变成了路边行人的风景。不过我不在意，我只关心我要看的风景。我举起咖啡，看着对面Saint-Germain des pres教堂历史深沉的黄色前壁，西沉的阳光一点点向上爬，一点点老去。游人川流不息，侍者在忙碌，鸽子也在忙碌；我漫不经心地留意着这个仿佛永远不变的城市舞台剧，看阳光如何一点点消蚀它的精力和热度，如看一个巴黎女子复杂多变的浪漫，看一个法兰西的天才如何浪抛其非凡的才力。悄然中，我也变成一个会感受沧桑，唱着莫名的咏叹调的巴黎人。

城市文脉：用遗骸与弹孔诉说

其实仔细观察可以发现，巴黎的建筑一直在变化，但这种变化有明显的年轮与层次。起初是巴黎圣母院这些古老的宗教建筑，接着是有关拿破仑一类皇帝的半人半神的建筑物，现代则是蓬皮杜之类的时尚博物馆；城市吸引物完成了从宗教建筑向世俗博物馆转变的过程。这其中有一种明显的原则，就是巴黎

我抚摩了巴黎公社社员墙上的弹孔，这些普通的凹坑居然影响了现代东方历史

力图保存历史，但从来不去修复历史，不去搞假古董。这个城市强调历史文物的绝对的原真性。

卡赞扎基斯讲过一个穆罕默德的故事。说的是穆罕默德去一个部落首领的家中，开门的是首领的妻子。门打开的时候，突然一阵风吹来，吹开了她的上衣，露出了她美丽的胸脯。穆罕默德为之一震，一下子忘记了他所有爱过的女人。他举起双手感谢上帝：谢谢你，安拉，你让我心跳不已。

我有同样的感觉，是在巴黎的先贤祠。我看到了巴黎最美丽的胸脯，那就是几百年来巴黎人珍视的思维之花。这里在静谧中埋葬着法国历代最重要的思想家、文学家和科学家；实际上，这些人已不仅仅属于巴黎，而是属于全世界，属于建构在科学思维基础上的现代文明。

我大学学的是与放射性元素有关的化学专业，了解放射性元素提炼的历史。事实上，从初中开始即熟知著名女科学家玛丽·居里的故事，并视其为求真的楷模。不料在这里却遇到了她，尽管她就静静地躺在我面前，不能言语，但照片上的她却张着机警而威严的眼睛看着我，好像在说：你从小就认识我，对吗？当然，就像你已经去世的老祖母，你现在已经很少想起来了吧。

于是我沉默，只好老实回答：是的，我年岁在增大，已经在渐渐忘记许多事情，甚至包括您的名字。不过您的处理问题的思考方法，已经成为我的生活习惯的一部分；或者说，已经成为这个世界一代又一代人的思维与处世的基本规范。

我在这地下的墓窟里规规矩矩地回到了学生时代，认真答问。不仅如此，我不得不紧张地回想少年和青年时代许多重要的功课，因为卢梭、伏尔泰和巴尔扎克、雨果还在前面等着我。

巴黎就这样让来自世界各地的人们检讨他们的心灵功课，就像一个教徒面对基督的质问与审判那样。我忽发奇想，什么时候北京也能建一个这样的先贤祠，不是对帝王们献媚的那种，也许我们能找到我们已经失落的信仰。

人被精神和物质的质疑拷问得太多了，就会失落和沮丧，中国的近代史就是这样的一部历史。实际上百年来的中国人，一直在重压和苦闷中到巴黎寻找灵感，我在巴黎十三区的中国小餐馆里看着那些打零工的留学生想，当年的周恩来和邓小平在巴黎街头是多么的微不足道啊，但巴黎的生活给了他们多么大的精神力量，他们几乎改变了东方世界。他们不就是从巴黎学会了革命的理论和武装斗争的技术手段的吗？今时今日的中国当然已不闻枪炮声，但城市建设和国土重整、旅游和景观改造这些我关心的课题，依然有许多原创性的思想在法国等待我去发现：那些被我称之为法国式“精明旅游”的思想和方法。

人面对困难重重的世界，是需要一点精神力量的。在巴黎的最后一天，我去了拉雪兹公墓。

这里只有法文的地图，是一个令人迷茫的世界。复杂的墓地仿佛观众席挤满了看客，只有孤单的活人才是这个舞台的演员。我费了好大的劲，在几乎绝

在巴黎先贤祠居里夫人的墓地前

斯人久已逝，却依然目光炯炯，咄咄逼人

望的情况下，才在墓地的一角找到了那块著名的牌子，上面写着纪念巴黎公社的字样。老实说，这同巴黎那些巨大的纪念建筑比，实在是太微不足道了。但重要的是，那面墙上的弹孔是真的，这就够了，历史不在于多，而在于真实。

应该把这里给东方人的启示，看成是近百年变化的起点吧。向巴黎进行思想采购，已经成为东方人自觉的选择，围墙前摆放的鲜花就是证明。

巴黎城市就这样保留了复杂多样的文脉，它用对历史原真性的保卫，向世人袒露迷人的胸脯。它包容一切，革命与反革命，左派与右派，东方与西方，白色种族和有色种族，它植根于深深的历史土壤中，并随时准备发出新枝。

但这一切，其实又不过是城市街头的布景，是咖啡馆里的思绪。咖啡馆里的人会想，这个城市太有趣了，仔细看看，街头的鸽子是永恒的，但明天飞翔的未必是你今天见到的这只，游人是永恒地川流不息的，但未必明天你还在这里喝咖啡。不过，好像巴黎在向你承诺，如果你在未来的日子里闹出了些声响，它就会说，噢，这家伙在我们这里呆过，我们这里有证据。（巴黎－香港2008）

游走在路易十四时代的巴黎

巴黎不愧是世界魅力之都，一个最明显的理由是，你很容易在那些古朴奇异的街街巷巷里迷路，尤其是，如果你不谙法兰西民族的语言，也不熟悉路易十四对巴黎城的设计与建构思想的话，你会站在街头茫然不知东南西北，活像一个不幸跌落地球的外星人。

我站在旺多姆（Place Vendmone）广场时，就像那个外星人。

不过，望着寒风中寂寞地站立的广场铜柱，凝视了片刻拿破仑的雕像，我很快便想起了路易十四。

旺多姆广场太有名了。它就是一部翻开的法国历史。雅各宾俱乐部就在对面，戴安娜的男友多迪的父亲开的那家全巴黎最豪华的里兹（Ritz）酒店也在对面。旺多姆广场的法国史是普通人的苦难史，没有宗教味。

从凯旋门看巴黎的天空。巴黎用拿破仑的英雄故事装饰城市空间，成为城市宏大叙事的背景

当然最有特点的还是那高高的青铜柱。据说在17世纪末建立该广场时，雕像四周用链条锁住的是奴隶。当然，那雕像就是路易十四。拉丁铭文傲然写道："路易十四除非不得已，决不拿起武器。"但在1792年，民众推翻这个路易十四像，把他砸了个稀巴烂。

砸了也就砸了。人们竖起的却是现在这尊雕像，拿破仑站在高高的柱头上寂寞地指手画脚。其实，在历史的大视野中看，拿破仑不过是路易十四的野心的翻版，"朕即国家"的克隆。徒子徒孙代替了祖师爷。

人们砸毁了路易十四的雕像，却无法捣毁整个路易十四时代的建筑，人们为了革命在街头激烈地巷战，却无法消灭整个巴黎。因为现在巴黎的基本城市架构，正是路易十四的作品。正是路易十四塑造了整个巴黎最初的繁华与傲岸。用今天时髦的话说，就是最初的城市经营。

因此，当我在旺多姆广场徘徊时，脑海里便浮现了路易十四时代的地图。塞纳河在左，前面是协和广场，背后是卢浮宫，多么规整清晰，路易十四为我指了一次路，他一定躲在遥远的历史背后得意微笑。

实际上，路易十四才是真正现代意义上，进行城市经营的鼻祖。近现代工业格局、交通、文化和风格性城市的第一探索者。现代城市经营的话题，还得从路易十四的巴黎说起。

其实在巴黎街头，不经意就可以邂逅骑马挥刀的路易十四雕像。凡尔赛宫门前的那尊尤为人们熟知。路易十四的故事至今仍是人们乐于谈论，说三道四的谈资。

路易十四喜欢香水、女人，因此法国的香水工业至今兴旺；他也喜欢时尚的服饰，着高跟鞋，要在凡尔赛内的宫廷画中辨认他不难，鞋跟最高的那位准是。许多奇异的癖好显示，他是一个兴趣广泛、充满征服欲的人。同他的前任路易十三明显不同的是，他身体健康、意志坚定，有志于追求各种荣誉。

历史总有惊人的相似。路易十四时代初期的法国，同今天的中国颇多雷同。积弱积贫，力图更新，百废待举。幸运的是，法国的历史中，便推出了路易十四，出现了“路易十四时代”，被法国最著名的启蒙思想家伏尔泰称为人类历史上四个崇高伟大，堪称后世典范的时代之一。

伏尔泰总结这四个黄金时代为：

公元前4世纪的希腊时代，即菲利浦和亚历山大时期，人类出现了亚里士多德和柏拉图这样的智者。

纪元前后的凯撒和奥古斯都时代。西塞罗、维吉尔和贺拉斯都是这个时代的光辉人物。

第三个黄金时代自然是意大利的文艺复兴时代。意大利佛罗伦萨的统治家族——美第奇家族把被土耳其人驱逐出希腊的学者、匠人请回佛罗伦萨，给艺术和人文主义以生长的土壤，最后产生了灿烂的文艺复兴之花，产生了现代科学。

作为第四个黄金时代的路易十四时代，伏尔泰认为是前三个时代的总和。“理性完美、哲学健全”，法国在变革中迅速崛起，强大到足以同大英帝国竞争，把美妙的法国趣味传遍全世界，让科学传入俄国，也促进意大利的振兴与发展。

其实，当葡萄牙人从里斯本出发，绕过好望角进入阿拉伯海，穿过马六甲海峡，寄居在中国南海之滨的香山县的一个小岛上，开始人类历史上波澜壮阔的中西贸易时，法国人还在决斗场上耍枪弄棍。

一个人决定着一个时代。路易十四站起来时，一切喧嚣变得鸦雀无声，一切都将改变。

路易十四是在内战中成长的，他曾同摄政母后四处流浪。1653年，法国内战及叛乱始告结束。法兰西王国千疮百孔。当时的国王被许多贵族所看不起。因为世袭的贵族封地常为国王封地的数倍之大。更为奇特的是，当时的朝政由红衣主教马扎然主持。1661年，当马扎然主教刚刚咽下最后一口气时，朝臣们不知所措，不由得惶惑地问：“以后我们向谁请示朝政呢？”

年仅22岁的路易十四平静地走出来，坚定地说：“问我！”

从此路易十四力除陈规陋习，力拒大臣们的习惯势力，自行其是。

巴黎城市建设是路易十四朝政的最重要一步棋。从某种意义上说，他塑造了路易十四自身的历史形象，也塑造了法兰西鲜明的民族神韵。这一点，倒使我们今天的中国城市经营者心领神会。

当时巴黎居民不及40万人，城内宏伟壮丽的建筑不到四栋。当然西奈岛（La citè）上的巴黎圣母院早已存在。法国没有一艘像样的大船，法国人对海上贸易规则一无所知。贵族们蛰居乡下，与世隔绝，巴黎城中没有军警，国库空空。人们崇尚迷信，神父们忙于装神弄鬼，宗教声名狼藉。

继法兰西科学院创建后，1665年，法国办起了《博学者报》，这是近代报纸的先驱。路易十四以他温文尔雅、端庄得体的形象迅速改变着巴黎上流社会的趣味。他欣赏那些文艺复兴以来优美的诗歌和小说，他推崇西班牙贵族的傲气和礼仪，他把芭蕾舞、喜剧和悲剧当成宫廷娱乐，他在凡尔赛宫举行优雅的舞会，整个巴黎在他的强节奏中旋转起来。

积弱的国家，经济不发达是不行的，路易十四首先大搞经济建设。他整理税收，改革法律，提倡海外贸易，鼓励发展本土工业体系。巴黎一改传统做法，许多东西不再依赖进口。如当时作为奢侈消费品的玻璃，便不再从威尼斯进口，法国自己的玻璃工业迅速发展，以至生产的玻璃既漂亮又便宜；此外还有装饰布料、葡萄酒、香槟、香料及香水等，巴黎都自行生产，并大量出口。至今法国依然是欧盟的出口大国。巴黎人有一个评价：路易十四所做的好事，超过他20个先辈的总和。

在商业开拓中谋求利益，而不是一味去榨取民脂民膏，这就是巴黎城崛起的动力。路易十四审时度势，意大利人在文艺上遥遥领先，英国人在科学上发展迅猛，葡萄牙人、西班牙人、荷兰人在海外贸易上轮流坐庄。法国怎么办？

从巴黎的城市建设上入手，也许是个不错的主意。在今天，我们称之为策略定位。

尽管在后来的1852~1870年间，巴黎人奥斯曼继路易十四后对巴黎进行过较大的改造，拆除了很多旧建筑，包括建设了以凯旋门为中心的12条宽大马路，特别是香榭丽舍大街，但塞纳河畔旧城的风貌依然是路易十四时代的杰作。

在工业兴起经济勃兴的同时，路易十四着手整饬巴黎。他要把巴黎建成法兰西的荣耀。此前，巴黎的道路许多是断头路，阻塞不通，或互不连接。路易十四命令修筑道路，无论从哪方去巴黎，总可在两旁植树的坚固大道上旅行五六十里。这里的道路远比古罗马人修筑的道路宽阔、美观。

还有一件事是立即被人们想到的。今天的城市建设者为其起了个很好听的名字，叫“城市光彩工程”。

面对夜晚漆黑的颓废的巴黎，路易十四差人打扫街道，整治治安。入夜，巴黎城点上了五千盏灯，并有步警和骑警夜巡。全城铺上新路后，又建起新码头。巴黎一时繁荣起来，大批的国外商人来居，夜夜笙歌，其美妙甜蜜超过了罗马、雅典。因为当时的罗马入夜仍无照明设施。由此，欧洲大部分城市纷纷效法巴黎，巴黎风尚成为人们竞相仿效的时髦。路易十四不经意中在近代文明里启动了城市发展与经营这辆巨型战车。

在路易十四眼里，建筑才是城市的主体，甚至是城市文化的主人。他酷爱建筑、园林和雕塑，一切务必雄伟、高贵。自1661年开始，巴黎开始大兴土木。卢浮宫、圣日尔曼、凡尔赛宫都在建设中。此后发财的市民也争相效尤，塞纳河两岸建起了上千座华美的大厦。新建的建筑物在罗亚尔宫和西絮尔皮斯教堂周围，形成了两座新城。人们发明了一种装有玻璃和弹簧的马车，坐在马车上招摇过市，游览华丽的巴黎城，成为当时欧洲人的享受。

一位发了财的商人，称赏路易十四的盛举，专为路易十四设计了一个徽章：一轮红日光芒四射，照耀地球，其铭文写道：Nec pluribus impar（堪与太阳媲美）。从此，“太阳王”的称号不胫而走。

如果太阳王对巴黎的建设仅止于此，那么，这个称号未免有过誉之嫌。这水平也就同我们目前一些伟大的市长们不相上下。其实，太阳王真正的成功在于充分利用智能之士，这是他成功经营的核心。所以我们今天仍能数出的一串赫赫有名的大师，那时都在巴黎活动，他们是伟大的建筑师、音乐家、画家、雕刻家，甚至是织花边的能工巧匠，仿造摩洛哥皮革的工人。

为了督建举世无双的卢浮宫，太阳王从罗马请来了曾建设圣彼得大教堂的环形柱廊的伯尼尼骑士，并馈赠了优厚的待遇。其实，伯尼尼在巴黎只是动动嘴，仅仅留下了一张并未实施的草图。

巴黎，一切都很美好。但也许太阳王还不够满意。他要把他的一切努力和追求充分地浓缩，最集中地表现在一处。这一处必须光耀四射、魅力无穷，像干邑酒的品质，愈久愈迷人。

浓缩，做一个无法言传的高贵缩影。城市经营的王冠上的明珠，该是什么样的呢？

这就是作为太阳王行宫的凡尔赛宫。直到站在凡尔赛宫那巨大的镜厅面前时，我才明白，太阳王把智慧的凝结点投射在这里，把整个巴黎的魅力集中在这里。国家、城市、贵族、市民、荣誉、骄傲、时尚、征服这一切都在此展示。

我称之为真正的法兰西的“浮华之镜”。在巴黎的凡尔赛宫，给人留下最深印象的是“镜厅”。那是路易十四的杰作。我在阳光灿烂中走入凡尔赛宫，路易十四的雕像一路指引，仿佛踏上了那辉煌的年代。路易十四的城市经营在此写下点睛之笔。

战争廊是镜厅的前奏。那是镜厅的威仪最初的光芒。战争廊由芒萨尔于1678年筹建，1686年由勒布朗完成装饰。墙面饰有大理石和俘获的青铜战利品。还有仿大理石浅浮雕《骑马踏敌的路易十四》，作者为考依瑟·沃克斯，画面上描绘两个信息女神和戴枷的战俘。墙上还有著名的浮雕《克利欧撰写国王的历史》。

在天花板的中心，是勒布朗的名作《轻云之上，胜利之中的法兰西》。其中路易十四的一幅肖像装饰在盾牌上，那拱形曲面图案上描绘着三个败敌：跪倒的德国及一只鹰；咬牙切齿的西班牙及一只狮子；被击倒的荷兰倒在狮子身上。

法兰西的威仪在这种荣耀中转入镜厅。在勒沃建造的连接国王居殿和王后居殿的露台上，1678年阿尔端·芒萨尔设计了这个著名的镜厅。这里17个高大的拱形窗面朝凡尔赛宫的庭园，使镜厅阳光明媚，与17个隔有玻璃镜的假拱形窗一一对应。这里堪称法国当时工业“玻璃制品”的公共展示厅。这里由勒布朗制造的法式风格的青铜柱头的窗饰上，有两只公鸡底下铺满树枝，一支百合花伸展在皇家的骄傲阳光下。

这里依然颂扬的是路易十四个人的权威与胜利。

至1919年6月，法国的光芒依旧。这个著名的镜厅就是当时签署《凡尔赛和约》，结束第一次世界大战的神殿。

17世纪的巨镜必须有一种特别的提示：那是豪华与实力的表征。只有白银的桌和柑木的椅，巨大的分枝吊灯、银制的烛台、绣金的白色锦缎、挂毯才配作它的配衬物。更重要的是，这是法国国力和新型工业能力的表现。

由此，镜厅只有非常特殊的场合才能启用。这里采光极好。法兰西一系列重大的国事活动在此举行：

1686年，路易十四在此召见暹罗大使。

1715年，路易十四在此召见古波斯大使；这是路易十四在位的最后一次召见。

1697年勃良第公爵和萨瓦尔的玛丽·阿代拉伊德的婚礼以及1770年5月玛

丽·安托瓦内特和未来的国王路易十六的婚礼均在这里举行。尤其在签署《凡尔赛和约》后，法兰西共和国的总理曾在此多次接见外宾。

镜厅，几百年来，一直见证着法兰西的荣耀和光辉。

1685年5月15日，路易十四在此召见了热那亚总督梅居尔。弗朗斯在《热那亚总督的召见》中生动地写道：

“当时有两件事给人们留下了深刻的印象，一件是战廊和镜厅，装饰得非常华丽，有成千上万的镜器；另一件事便是人非常多，尽管这些大厅和镜厅能容纳很多人，尽管镜厅的合理布局使人们能方便地通过，热那亚总督在通过大厅时还是遇到了很多障碍。迪拉斯公爵元帅、守卫队长伴随他一直走到国王的御座下，银制的国王御座仅置于两个台阶上。王太子和国王的兄弟站在国王两侧，国王的周围是他的所有嫡系王子、高官和亲信。总督的随从很多，其中大部分不能随总督走近御座，他们挤满了整个大厅，努力留出空间以便总督通过。”

在当时人的观念中，镜子是比黄金还要贵重的奢侈品，当外国使者面对如此巨大、华丽的巨镜时，无不对法兰西的气派心悦诚服，路易十四用这个特殊的装饰，无言地、十分恰当地表现了他治理巴黎和法兰西的威权。

罗马城在台伯河边，建成又毁坏，毁坏又再建，周期恐怕为几百年以上。巴黎城没有那么古老，但以现今的格局，恐怕短期内不可能有大规模的毁城造城运动了。统治者都知道，建设与经营城市是百年大计，有时是千载难逢的机会，当然也是扬名立位的好时机。中国恰逢这么个特殊时机，这给许多充满野心的人提供了一个极好的实现机会。

当然，有野心不是坏事。如果人类失去野心，历史将变得让人难以忍受的平淡。唯一可虑的是，对中国的城市而言，面目雷同，没有高瞻远瞩的共同行动纲领，当权者在自己任上为所欲为，将给城市经营带来文化性灾难。游走在巴黎街头，对一个伟大城市的发展，又多了一份感悟。（米兰－香港 2002）

中国与欧洲：艰难的对话

圣马可广场上白鸽飞舞。白鸽是圣灵的象征，在欧洲，没有人伤害那些可爱的生灵。我走向卖鸟食的小贩问一包豆子的价钱，小贩告诉我，一个欧元。我刚好摸出半个欧元的硬币，希望买半包。那小贩嘟噜了一句意大利语，断然拒绝。

我徒然醒悟，这里不是广州的菜市场。“多么奇怪的欧洲人！”我脑中闪过一个念头：“简直一点都不会变通。”在广州买菜不仅可以砍价，还可以外带加两棵葱。临了，大家都笑嘻嘻的。

这一包豆子多到足可以让满广场的鸽子用饱午餐。那些鸽子看着我撒出的豆子纷纷扑来，在头上、肩上、手膀上低斟浅唱，仿佛欢迎布道归来的使徒。豆子吃尽时，它们便一跃而起，满眼飞舞的白翅。

它们飞向前面的古钟楼，也飞向带有东方情调穹顶的圣马可教堂，尤其那古老庄严的连拱廊。那巨大的钟楼，我知道，是文艺复兴时期的科学巨匠伽利略，曾经试验过天文望远镜的地方，他第一次在此观察了月球上的岩石层。当然，在这高处，更可以欣赏整个的威尼斯城和泻湖，远眺美丽壮观的阿尔卑斯山。鸽子飞过的地方划过一道白虹。教堂的门洞上刻有圣马可殉道故事的浮雕清晰可辨。

公元9世纪兴建的圣马可广场，尽管经历了12世纪、14世纪和17世纪的几次大的维修，但从整体上讲，它依然保存着那份最初的神韵。威尼斯是17世纪以前欧洲最大的城市，作为城市中心的圣马可广场，曾经是欧洲人的骄傲。

我打算好好品味一下圣马可广场的神韵。因此就近找了一个露天的咖啡座，要了一杯咖啡。

就是这杯也许在欧洲最普通的咖啡，让我最深切地感受到了一个中国人同欧洲的距离。

我不知道这咖啡是否就是意大利著名的“卡普契诺”，黑黑的只有一口之量，泛着一层黑绸般的光，浓香扑鼻，用中国式那种传统小茶杯盛着，轻轻放在你面前。就着咖啡的是前面来往的三三两两的游客，还有青天白日下古老的城市。

这杯咖啡真让我醍醐灌顶，惊醒了十年一梦。十年前我刚下海时先是做房地产。宏观调控后，不得不另谋生财之道。小本生意做什么生意好呢？于是读到一篇奇文，用雄辩的数据证明，在中国开咖啡馆大有前途。

如不信，你去广州西斯廷咖啡连锁机构的任何一家店，依然还有“咖啡经济”的小册子，其中充满这样的文字：“在意大利，人均每年要喝掉600多杯咖啡，即人均每天两杯以上的咖啡，而在中国，人均饮用咖啡的比例则是每年不到两杯，”这是多么大的潜在市场！

但十年过去了，尽管我的咖啡酒廊生意不错，但其实咖啡的销量并没有见长，我也没有发财。今天，我坐在意大利的咖啡桌前时，终于明白了这原因。

按我的估计，中国人饮用的一杯咖啡，至少相当于5杯以上的意大利咖啡之量！此杯非彼杯矣！我们可怜的经济学家们原来是在用这种移形换影的数字游戏喂养我们刚刚知道什么是市场的商人们。当然，也许那些经济学家没有认真研究讨欧洲。

必须承认，我至今仍不是一个咖啡爱好者，只不过兴致所致，偶然喝一杯，还要加足糖呀、奶呀什么的，用足全部装备。如今面对这仅一口之量的黑咖啡，我左右搜寻不见那平时用的全副武装，试试那奇苦无比的浓浓味道，我叹息一声，只好放弃，望着那飞舞的鸽子发呆。

不可逾越的一口之量。以我经营中国式咖啡馆十年的经验尚见如此，那么，中国芸芸大众面对他们学习的欧洲，他们崇尚的欧洲情调，他们到底有多少真正的体悟呢？

类如这种咖啡研究的想当然绝非仅有。后来有幸听到一位学者关于中西园林文化交流历史的高论。大意是说，自16世纪以来，欧洲许多传教士东来，发现岭南园林小桥流水，九曲回廊，树林掩隐，在营造意境上有令人惊异的美，于是把这些思想介绍给了欧洲，从而对欧洲园林艺术有了极好的促进作用。

我感到一丝悲哀。且不说我游走欧洲多国，从未见过一个中国式的园林，连对中国建筑有所了解的人都未见过。

在欧洲考察城市与建筑，我们很快便能发现，园林只是建筑的序曲、铺垫和过渡，是建筑这一主旋律的张扬和展开。欧洲那种追求高度和空间制高点、几何对称、庄严肃穆的建筑艺术，必须使与之相配套的园林艺术也表现相符的特点。而中国式平面展开的砖木结构的建筑，以及实用主义的生活艺术和态度，也为中国式园林展开的根本原因。中西园林艺术相互借鉴，一时引为时髦是有的，所谓岭南园林对欧洲园林大有促进并推动发展，则大有商榷的余地。

一种可怕的建立在幻想之上的学问，让我们再一次看到了同欧洲的隔膜。其实，中国人对于欧洲的理解已经前后有了近400年的历史，但这过程是苦涩的。隔膜、鄙视、好奇、误解、跟风、崇拜、攀附，种种歧径，交汇同存。而历史，便是在这一混沌不清的河流中扭曲痛苦地前进。

同我此刻一样，历来的中国人，对圣马可广场似乎都投以复杂的眼光，就像那杯咖啡的含义。

时间回溯到400多年前，欧洲人在向东方的远洋冒险中已经初尝甜头。葡萄牙人已经在南海边人烟稀少的香山澳——今日称之为澳门的地方寄居下来。

我想那些葡萄牙人一定没有我这种品咖啡时的苦涩，他们应该很快学会了广州人打恭作揖的社交礼仪，甚至广东式的饮茶。因为广州当时是东方的繁华的通商口岸。那些葡萄牙人以及随后而来的其他欧洲人的东方之旅是前赴后继的，宗教精神和发财的愿望驱动着他们狂热勇敢的心。

“统计当时来华的欧洲100多位传教士，其中只有不到十位寿命超过45

岁，”也就是说：“这些冒险家来东方时，都应抱着一种必死的信念。”一位著名的历史学家曾经平静地对我说起这段历史掌故。

他们是死于时疫、战火、迫害还是内讧呢？我尚无法一一分述。

但显然当我走在圣马可广场的时候，宗教精神和发财的欲望两者我全无，我只是一个匆匆而过的旅行者。

不妨动问，而今在出走欧洲的中国人中，有这两种精神和追求的人到底有多少？许多怀着发财梦负笈西进的东方学子，不只是求得苟且偷生，寄居在欧洲社会的边缘吗？为什么欧洲人的东进与中国人的西去有如此大的区别？

中西交流从大的洪流上看，其实在历史的大多数时间段里，是单向度的。今天的双向度也依然没有那种有组织的、视死如归的烈度。

坦白地说，这种态度和区别注定了我们要理解欧洲，实在太困难。这障碍便是欧洲人骨子里的宗教精神、科学精神、商业精神和冒险精神到底是些什么东西？尤其我们在中国内陆的农村省份中成长的人们，更需要穿过层层烟云雨幕，从农业社会的真实体味出发，进而了解工业文明和海洋文明，方可取得一点点痛切的经验。正如我们古老中国的王朝，直至1912年最后塌坍也未曾搞明白那致命的番夷一样，这中间的心路历程，并不似如今加入WTO后沸沸扬扬的传媒所宣称的那么简单，我们真的已经世界化了吗？也许，加入WTO是一个真正痛苦的开始，迷雾除尽更显对比与迥异的残酷。

还是说中国人眼中的圣马可广场吧。

1601年的某一天，意大利传教士利玛窦进入了北京面见圣上。

西方传教士想进入中国腹地还得从更早说起。1552年，著名传教士萨勿略从日本传教后来到中国，他把他一生的最后愿望寄托在打开中国传教的大门。但明朝统治者拒绝他内进。他只好暂居在上川岛。终于，他在冀盼中病倒了，渐渐不行了。他老泪横流，引颈北望：“天啊，我什么时候能够到中国去传教？”后赍志以没。

萨勿略的梦想激励了欧洲一代代的传教士，包括利玛窦。利玛窦比这位欧洲的先行者幸运得多，他学会了走上层路线，用《论语》解说基督教义，着儒士服装，颇得中国士大夫好感。他终于冲破中国层层的铁幕，见到了当朝圣上万历皇帝，并给万历皇帝带去了几件欧洲的礼物。

他首先展示的是《世界堪舆图》。中国皇帝首次看到了地球的面貌，世界上尚有那么多的国家，还有鸵鸟、企鹅这些奇怪的动物，当然最令人震惊的是世界并不是天圆地方！我们已无从知晓万历皇帝对此作何感想。但值得欣慰的是，利玛窦在面圣之前曾接受了那些好心的士大夫的规劝，把原来绘于一隅的中国，放在了图的中央，还不致使这位九五之尊在龙椅上坐不住。

这第二件礼物是一把西洋琴，可以弹出非凡复杂的妙音，万历皇帝甚喜，命人习之。

接下去展示的礼物中有几幅西洋画。当利玛窦展示西班牙马德里皇宫的图画时，万历着实表示了惊讶，那华丽和庄重让圣上脱口而出：“怎么比朕的皇宫还大？”当时利玛窦的一位随员得意地记道：“中国皇宫的矮墙在马德里皇宫前黯然失色。”

最吸引人的那幅画自然是当时欧洲最大的城市威尼斯和伟大的圣马可广场。不知道利玛窦向万历皇帝是否解释过圣马可殉道的故事，以及自己传道的决心，也不知道这位中国的皇帝是否详细地询问过这座亚得里亚海边有水上街道的繁华之城，还有那些奇特的小舟贡多拉。但有一点是可以肯定的，这位皇帝除了表示难以置信，便多是觉得稀奇而已。

他同我们今天的许多游客一样，并没有真正理解流淌在利玛窦们身上的宗教精神，那些前赴后继的商人的冒险与商业精神，以及这个大陆上的人们的生活方式和文化中蕴涵的惊人力量。

欧洲，从那时起便是一杯苦涩的咖啡。中国人天生知道随遇而安，他们最会用自己的方式喝咖啡。

所以，万历皇帝听完琴便将这一切忘了。后来，清乾隆皇帝甚至组织过规模庞大的西洋乐队，演出过当时欧洲流行的歌剧“好姑娘”，但也只为博得茶余饭后的一笑。

历史要等到清道光皇帝在鸦片问题上处处犯难，深感遭遇强敌时，才不禁动问：英吉利到底在哪里？欧罗巴到底是怎么回事？

鸦片战争的危机过去了，这动问依然不见有什么下文，有何痛切的回应。依然是高高在上，愚不可及的天朝心态。

也许今天我们同这些历史人物既无血缘也无制度上的瓜葛。但是，从文化的认知上，那皇上依然是我们的皇上。因为我们还在用自己的方式喝着欧洲这杯咖啡。

处在今日的中国，不由人不在圣马可广场上漫步时想起这一切。在中国大地上风起云涌的造城运动中，人们不断在宣称自己是真正的欧洲情调、罗马风格、法国浪漫，在文化和生活上人们直追欧洲时尚，在大学的课堂里，教授们赞许欧洲如数家珍，一片喧嚣，却让人迷茫，仿佛把欧洲搬到中国大地上安家，中国便完成了现代化。

但是，我还是要说，这仍是一种以中国方式喝欧洲咖啡的玩意。置身在那片真切的大陆上时，我才明白，用心灵感悟的欧洲会另有一番滋味，并没有那么多的喧嚣。

圣马可教堂几百年来直指苍穹的屹立，更深地让人感受到的是一种毅力，一种坚忍，一种对信念的视死如归。那里处处有着沉默中的坚持，安静中的力度。

我想，圣马可死的时候一定痛苦而寂寞；伽利略在鼓捣他的奇奇怪怪的实验时一定有许多人在啜咖啡，并对此不屑一顾；米开朗琪罗在完成他伟大作品时，也同样生活在地狱般的寂静中。

只有信念之火带他们前进。而欧洲之所以用苦涩深浓的滋味从根本上摆脱它的追随者，就因缺了这信念之火的连线。

有信念的地方都是安静的地方。广州的喧嚣，十多年来给我上的商品经济的课，便是拥挤吵闹和无孔不入的广告。我在来欧洲之前，以为这中国人师法的欧洲师爷一定也是脑门上都贴着洗发水的广告，但是我错了。欧洲的乡间与城市，处处都透着一种骨子里的宁静，除了那些挤满中国人的游览点例外。

我原以为广州的另一个祖师爷香港人一定也是见人先谈生意，随便就向你推销商品的吧，但我又错了。在香港长洲岛上有一个鲜为人知的建道神学院，我曾在那里住宿一晚。我便深深地被那种近乎“共产主义”式的田园生活和恬静所震慑。不管他们信的基督是什么样的，但他们的平静同海湾一样有一种气象，那种气象营造了一种生活的节律，一举一动，就像规则的海浪，进退自如。

宗教的、科学的、文学艺术的、商业的，许许多多的信仰和追求，不仅仅是停留在口头上的浮辞，而是骨肉里的血脉，是眼瞳里的神采，也许，这才是真正的欧洲味道。

圣马可广场同中国人的接触已经有了几百年了，但它深藏的东西对现代自称前卫的中国人仍然意义未明，也许还需要时间让我们细细地品味。欧洲的经历让我有一个基本的判断：现代性不是喧嚣。

所以走入威尼斯，或者佛罗伦萨、罗马，甚至法国，你一定要坐下来细细品一杯真正的欧洲咖啡，速溶的不要，要那种只有一口之量的浓酽咖啡。不太贵，代价大概5个欧元。（阿姆斯特丹 2002）

一个主题公园式的城市国家

我们现在有两种出国方式，一种是上网，随着鼠标的滑动，可以轻易浏览各国信息，一种是带着护照飞行，直接踏上异国的土地。我这一次踏上新加坡、马来西亚的土地，对于这个陌生而熟悉的半岛地区进行了一番认识的阅读。意识到仅仅靠上网去了解一个不同的文化和地区多少有点像浓雾中看花一样不可靠。

看来人类视野经验的扩大，仅仅靠读万卷书是不够的，一定要行万里路，才能有切肤感。新加坡向我展示了一些新的视野经验，尽管是后知后觉，但对个人而言却直接而连贯。

理解新加坡需要全球眼光

新加坡很小，在地图上永远只是一个点，但理解这个点却不容易，需要相当的背景知识。直到现在我才彻底明白，新加坡这个地图上的小点，正是地球东西交通的交汇点，不可谓不特殊。

新加坡的象征鱼尾狮

我把新加坡历史简单地分为三个时代，即渔村时代、莱佛士时代和李光耀时代。在1819年英国航海家莱佛士爵士驶入新加坡河之前，新加坡只是马来半岛一个藉藉无名的小渔村。从马来半岛的本土意识看，这里是边缘，是附属的无特征区域，正如1840年前清朝统治者看中国的香港岛一样。

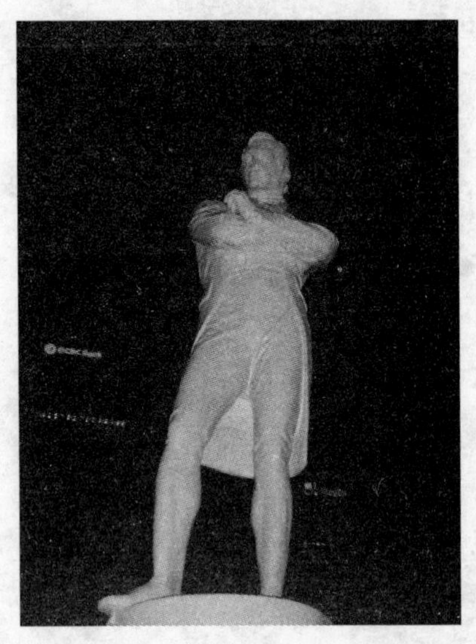

在新加坡克拉码头附近的莱佛士爵士雕像

莱佛士爵士花了3000元买下这个荒凉的小岛，这一定让马来人窃笑了很久，但莱佛士知道他在干什么。只有莱佛士爵士那样具有英国文化背景，在大英帝国的全球视野里的人才能脱离马来半岛的本土意识，深刻领会它的价值。这就像英国人在第一次鸦片战争后向中国政府仅仅要了一个看来毫无价值的香港岛一样，固守城池尺寸得失的本土统治者，永远看不懂下宇宙流的围棋高手的动作。

1965年独立后，李光耀将新加坡的价值发挥到了极致。他把这里看成世界东西南北交汇的十字路口来经营，使新加坡成为一个独特的世界城市国家。因此，新加坡的历史，可以简单地归结为，是莱佛士爵士敲响了马六甲那种帆船时代的城市衰落的钟声，开启了机动船时代新加坡深水港的辉煌；是李光耀把海洋贸易的繁荣作为国家特征稳定下来，并顺利地同航空港时代紧密结合起来。

如果对太平洋的岛国城市有切近的观察就不难发现，新加坡是世界经济秩序的定位点。在过去的500年中，海洋文明从大西洋到印度洋、南中国海和日本海，世界“经济热钱”从里斯本、阿姆斯特丹和伦敦到非洲、印度向马来半岛及新加坡区域汇聚，只有穿过1000公里的马六甲海峡，才能流向东方，完成一次全球性循环。欧洲人、印度人、阿拉伯人、中国人都在新加坡区域来往，这种趋势目前还在加强。

经过几百年的演变，海洋文明世界的“经济新干线”已经形成，从亚洲四小龙的出现不难发现这种趋势的发展所言非虚。在太平洋区域，这条路是从欧洲和美国到新加坡、雅加达、中国香港、中国台湾、韩国和日本的经济通道。这条“经济新干线”周边的国家和地区都倍受影响，相关城市和国家的发展都要同这条“经济新干线”密切相关，顺我则昌，逆我则亡，包括幅员辽阔的中国大陆。

探讨近代中国发展路径的参照系

理解包括新加坡在内的马来半岛史，是理解近代中国发展路径的重要参照系。新加坡和马来西亚从人文地理上原本是一家，在历史上不可分割。同中国一样，马来西亚以农业立国，是个农业资源非常好的岛国，单热带水果就非常有名，如榴莲、山竹、火龙果、菠萝等可谓琳琅满目。尽管在过去的五百年里这里有葡萄牙人、荷兰人、英国人的长期殖民史，但马来半岛的原住民政权（苏丹）却仍十分看重农业资源。这也恐怕是马来西亚同新加坡分家的一个重要原因，道不同，不与为谋。

如果拿马来半岛的近现代史同中国近现代史比较，我们可以发现许多共同之处。从地理上看，马六甲相当于中国的澳门，同属葡萄牙人开拓的殖民地，三桅船时代的产物；新加坡则相当于香港，是英国人机动船时代的海上堡垒。这些海边边地都同样不被原统治者看重，当然马来半岛受殖民统治的影响要比中国更深更广些。

而今马来西亚的政体是君主立宪，国王由九个苏丹轮流执政，这格局让我联想到光绪皇帝的戊戌变法。如果变法成功，中国政治发展的一种可能前途，就如当今的马来西亚现状：满族人有如苏丹王室成员一样享有特权，国家由首相执政，各州之间有相当的独立自治权，孰好孰坏，值得深思。

但从马来西亚放弃新加坡，任由东南亚贸易重镇马六甲衰落来看，似乎缺乏一些远见。尤其对全球“海洋经济新干线”的了解不够深，倚仗农业，被其所囿。尽管有多元的文化，优越的地理位置，但却始终举而不坚。此中课题值得中国人深刻反省，本土的视野和价值观会深深限制政治选择的走向。马来西亚立足于本土资源，许多政策便有大陆国家的特点；新加坡面向海洋贸易，把自己定位于一个全球经济坐标点，就表现了难得的世界视野。

尤其值得一提的是马六甲这个城市，我对这个城市揣摸已久。在早期葡萄牙人的文献里，这里是葡萄牙人的重镇。澳门开埠，全赖马六甲作为基地。当年圣方济戈·萨勿略来中国传教，就是以马六甲为大本营的。在研究澳门城市发展史时，我曾惊奇地发现，葡萄牙人16世纪在印度果阿、马六甲、中国宁波和澳门等地建立的城市，都有同样的选址特点和布局方式。如都选址在一个岛上向洋的小河边，背靠的山被命名圣保罗山，山顶建有圣保罗教堂，城市中有一条主街，葡萄牙人称之为“直街”。这个直街的命名，也是为了纪念圣保罗，推崇他向异邦人传教的精神的。

这次造访马六甲，我自然要睁眼细看，寻找葡萄牙人城市规划的痕迹。但令人失望的是，除了圣保罗教堂的四面残墙，几乎已没有多少历史遗存。只有那火山岩石砌成的门槛，那些缘墙而立的石碑，昭示着一段隐藏历史的神秘。马六甲城目前已建得混乱无序、新旧交陈，过度开发的旅游使之变成赝品的大市场，哪里还辨得出什么“直街”的踪影？衰败的阴影正笼罩在这个曾经上演英雄传奇的城市，英雄们远去了，留下的舞台积满灰尘，不忍回望。

其实，马六甲的衰落就因为不能适应海洋贸易发展的新特点，离开了海洋经济新干线。这样看来，澳门是明智的；当香港崛起时，澳门及时地调整了城市定位方向，走博彩业的路，避免了像马六甲一样的衰落；澳门更以历史建筑和文化遗产全面的保护走向新型旅游业中，跟上了时代的节拍。澳门对“世界热钱流”的走向把握到位，搭上了海洋经济新干线的列车，可谓识时务。

历史的趋势是多么强有力，不可违拗。在中国大陆，我们不能不对海洋时代这条“经济新干线”有所了解。实际上中国内地的城市定位、旅游发展、经济竞争无不与此有关。关起门来想自成一体已是不行，空口宣称的国际化忽略了此背景，更是痴人说梦。我也就是在这种意义上说，出国就是生产力，扩大视野的深度和广度，已成中国城市经营决策者的当务之急。

主题公园式国家经营的试验

总的来说，新加坡是一种新的城市形态，我称之为主题公园式城市经营的典范。孟大强是新加坡国家规划师，我曾有机会多次听他谈到新加坡城市规划，故很容易对这个城市的特点全面把握。我们去了孟大强先生规划的圣淘沙公园，也在城市各地点进行了详细观察，发现原来深圳华侨城区域的规划设计，包括道路、建筑、公园、植被等，就有明显的新加坡规划的影响。

据我的观察，这个城市的规划和经营来自于两条文脉。一条是本土文脉，即新加坡本土关于鱼尾狮的传说，新加坡城市以此塑造了国家形象，并透过旅游、景观和宣传表现之。如圣淘沙的鱼尾狮公园就同花芭山的鱼尾狮雕塑相呼应。另一文脉则是以莱佛士爵士开始的新加坡城市化文脉，在城市建筑上如驳船码头，克拉码头的建筑保护和城市休闲生活环境的营造。这两条文脉交织，塑造了新加坡城市的基本意象。由此，新加坡的山海城均有明显的景观意义，路网多元搭配，井井有条，街区设计十分照顾行人，园林设计费尽心思，整个城市实际上是生长在一个森林公园中，构成一个主题公园式城市的基本框架。

这种主题公园式的经营特点还表现在品牌塑造上。广告是城市生活的主要表征物，看看中国城市铺天盖地的广告真的让人眼花缭乱，几乎所有的公共空间都被广告所占。最近如公众传媒对电梯这样的公共空间的侵占，更是让人不胜其烦，占领者还沾沾自喜。中国企业文化宣传喜欢近身大呼小叫，还在热衷搞肉搏战。但新加坡却见不到这么多广告，所有建筑立面的广告都是合乎比例的，毫不夸张。原来新加坡不是不做广告，而是更重视品牌营销，他们更相信整体竞争力。

新加坡不在一个产品、一个公司的层面展示竞争，而是注重将整个国家营销出去。这个主题公园式的城市国家，其营销的宗旨就是人与人之间的公平、平等，法治的社会环境，以及宜居、宜发展的城市形象。新加坡多年来连续荣获全球宜居城市称号、全球最有安全感的城市称号以及全球最佳服务机场等殊荣，这是整体竞争力的表现。这样造就了世界最繁忙的海港，最有信誉的珠宝加工基地，世界的购物天堂，最佳旅游目的地等美誉，结果百业云集，智能之士纷至沓来，保证了其“经济新干线”上的重要地位。

但是，我一边走也一边在问，这种经济的成功就是一切吗？当一个国家像一部机器一样动作，一个城市像一个产品一样光鲜时，普通人去哪里寻找生活闲适的趣味？ 这样也能产生深厚的文化，能产生他们自己的文学家，艺术家和哲学家吗？我承认对这点还缺乏观察。（新加坡－香港 2006）

日本：天使与魔鬼的混合

每一个登上日本列岛的中国人，都怀着复杂的心情，我也不例外。我到大阪的那一天是2006年8月13日，电视里每个时段都在讲靖国神社与太平洋战争问题，因为在第二次世界大战投降日，即8月15日，日本首相小泉纯一郎将去参拜靖国神社。大阪城里异常的炎热，蝉像杀猪一样叫得凶极了，空气压抑到让人透不过气。

对于日本，大概是我早年教育中最先知道的外国之一。许多年过去了，我对日本一直有三个疑问，这得追溯一下历史。

我特别把这段历史称为民间草根的历史，因为它不见于官方记载里。在过去的1500年里，我的家族一直是中国最为典型的农业家族，因为一直老老实实地呆在洞庭湖边一个叫“南山”的小地方，大约在方圆不到50公里的范围内繁衍生息。对于这个家族来说，生儿育女、婚丧嫁娶已经是天大的事，他们对中国同外部世界的接触几乎毫无知觉。关于这点，有现存的家谱可考。

但近代中国剧变的历史，也毫不客气地把这个家族置于动荡中。这主要是在我小的时候，作为家族记忆，不断被长者提及的“跑日本”的故事。其中，最为惊险的莫如我的伯父的经历。我无法完整复述伯父早年多次情绪激昂地讲叙的故事，他在读书时期同日本兵的遭遇改变了他的一生。只记得关键的细节是，在20世纪40年代秋天的一个傍晚，日本士兵冲进了南山一带，发疯地追逐那些读书的学生。他们不射击，只默默地用刺刀干活。我的伯父脖子上被刺中，当即倒地；他的一位表弟当场被刺死。伯父醒来时见尸骸遍地，挣扎着爬走，在一农舍遇一老翁搭救，经一个多月的疗伤，方才得救。

后来伯父作为一位尽职的教师在华容县的几所中学里任教，成为了最坚定的共产党员。他对组织尽乎愚忠的态度令所有认识他的人至今记忆深刻；但有一点，他唯独对中日建交一事，一直不予置评，想必心中老大不快。

日本的僧侣专业而严肃，宗教仪式也一丝不苟

斯人已逝，我如此平静叙述，希望不至于激怒他，使他激动得从坟墓中坐起，痛斥日本人。我要告诉我的读者的是，这不是编造的故事，我的伯父叫严钦志，离任时是华容县四中的教务主任，已去世七八年了。

日本的宗教建筑庄严得体，值得称道

历史学的素养让我尽量公允、平静地叙述这一可能微不足道的“历史事件”的文本。但这个故事对我影响太深，并不时想起。多年以来我便有三个疑问挥之不去：日本人为什么要捅他一刀呢？他们来这么一个偏僻的湖南山村干什么？日本人现在还记得这段历史吗？

自然不会有令人满意的答案。两年多前，有一次在澳门档案馆翻阅资料，我偶然发现了一张日本第二次世界大战期间绘制的中国地图，便好奇地研究了一番。结果发现这张地图上处处都标明中国各地的物产资源，其中洞庭湖边的一行小字标明“此地产黄牛皮”。这大大让我吃惊，难道日本人当年进攻洞庭湖区域的原因，是为了黄牛皮这样的资源吗？那黄牛皮同山村的学生有什么关系呢？

所以，在日本的旅途中，我还想去寻找答案。但显然，日本人早已忘记了这些小事。我在京都、东京的几个书店里看过，没有哪位作家对这段微不足道的历史感兴趣。于是，我也只好把这种好奇放下，假装着它已经过去。

8月15日那天，车停在一个离东京不远的湖边，停车场上的日本国旗，已经下了半旗。小泉首相参拜靖国神社的电视新闻引起了一片哗然。入夜，东京的电视节目里有采访东条英机后人的镜头，并有称之为军魂的纪念仪式；有道貌岸然的大学教授的座谈；也有各地举行纪念活动的新闻。最特别的是一群学生在演奏贝多芬的月光奏鸣曲，据说“神风特攻队”在进攻珍珠港的前夜，就曾演奏此曲告别日本。多么催情而感人啊，我的印象就是闹哄，热闹得很。

我只是一个匆匆而过的旅客，没有拔剑而起的可能，所以伯父的这个故事命定无法再发展下去。这个故事的全部意义，就在于残酷地忠告我历史上的日本是怎么回事，并设定了我观察日本问题的框架和冷静态度。

不过说实话，其实对日本我还是有不少东西是欣赏的。同所有的游客一样，我们都知道樱花和富士山；我也曾阅读过川端康成细腻的日本风情描述，看过黑泽明的《罗生门》，并亲见过高仓健的风采。所以这一路上我都在调整心绪：还是认真感受一下日本的美，体会一下日本风情吧。

然而，日本的现实让我再一次陷入深深的失望中。从大阪到京都，从名古屋至东京的这一路，是多么混乱而乏味的景观啊。高速公路毫无理由地四处穿行，工厂同住宅混杂，低矮而毫无规则的民房四处散布，单调乏味的人工林敷满山坡，这同珠江三角洲的东莞和广州有什么区别呢，这就是所谓号称世界第二强国的日本吗，这就是我们想学习的现代化样板吗？

这一路让我心情无比沉重。富士山上已经不再终年积雪，只有黑红色的火山石若隐若现；箱根的乡间度假地死寂般看不见人影，毫无艺术情趣的温泉池懒懒地招待着游客；通往不知名的远方的道路两边，胡乱拉起的电线乱如麻，让人心烦；在去东京的高速公路上预报目前堵车距离是80公里；昂贵的物价让人没有任何消费欲望；一场豪雨更是让东京迪士尼狼狈不堪，游客无处可藏，节目单调陈旧，让人大跌眼镜；日本不能用国外的手机，这在全球化浪潮的今天，让我确有置身孤岛的感觉；只有京都的几个半老徐娘表演着和服，什么樱花啊，富士山啊，真的只能看成广告了。

可怕的都市化正恶魔一样缠着日本。我曾经仔细研读过那几本研究日本文化的名著，包括本尼迪克特的《菊与刀》，阿列克斯·科尔的《犬与鬼》以及大野健一的《从江户到平城京》；尤其科尔对日本现代病的痛斥，使我几乎不能相信日本已病入膏肓。但我亲临此地的直感，让我相信他说的是真的。这让我确认了一个事实，整个东南亚缺乏像样的规划大师，只有几个类似黑川纪章那样爱出风头、标新立异的建筑师。急功近利的现代都市化带来了多么可悲的景观，中国的城市决策者真应该好好去日本考察一下。

我的疑问是，过去，日本人用军国主义毁了同东南亚及整个世界的关系，搞得自己面目可憎；今天，日本人用急切的现代化毁了自己的国土，让日本彻底变成了一个钢筋混凝土的乏味的岛国，还在沾沾自喜；那么，未来呢？

日本经过景观整理的农田，比城市景观有趣得多

尽管日本也有如大前研一这样的智者，呼吁日本要关注信息网络化时代的“看不见的新大陆”，但他们依然对丰田、索尼等制造业巨大的成就着迷，并对在美国兼并通用这样的企业全国沸腾；他们顽固地拒绝用英语沟通，在电信方面则依然设置极高的门坎。在这点上，我看不出日本在网络时代比中国更具优势，更看不出日本能在网络经济的新大陆里领袖群伦的可能性。

日本这艘太平洋上的战舰，这个创造与毁灭并存的天才，他要往哪里去？我将保持冷静观察的角度，关注这个有趣的邻居。（东京－香港 2006）

夏威夷旅游规划观察

海洋旅游无疑是世界旅游产业中最为重要的部分。而海洋旅游的最大活动区域，均集中在海岸线一带，故海岸线旅游规划的成败，基本为当地的旅游奠定了基调。中国目前的海洋旅游开发正方兴未艾，我也曾为澳门、海南、珠海和山东等地的海岸开发与规划难题所苦恼过，至今许多问题还没有满意的答案。所以，在世界各地旅行，我不免会对海洋城市的岸线规划多一些观察。

我曾经观察过香港、新加坡、悉尼、墨尔本、奥克兰等地各有特色的海岸线布局，也曾拜访过尼斯、戛纳和摩洛哥等地中海区域的旅游海岸线，如果认真讨论起来，我认为美国夏威夷海岸区域的规划，应该是考虑得较周到全面的，堪称范例。其中一些重要的规划原则，值得玩味。

夏威夷的海岸线规划体现了一种公众优先的原则

夏威夷尽管山坡上海景别墅很多，但颇有章法

我觉得，旅游海岸线规划的核心问题，是决定公众与私人对待海洋旅游吸引物的态度问题，其中规划尺度的把握，又决定了整体景观布局、目的地城市功能配套、娱乐休闲项目分布和地产开发的许多重大问题的展开。

夏威夷的规划贯穿了一种公众优先的原则，让公众和私人物业有序而合理分配美丽的海岸线。

如果把夏威夷海湾从海岸线到山脊的区域看成一个同心圆的话，我觉得，这里的总体规划就是围绕海岸线形成的六个圈层结构。

最前沿第一圈，这里亲海的四公里多的岸线是完全属于公众的，游客可以任意下海游泳，不收取任何费用，也没有什么地段列为私家泳滩。这同三亚和深圳圈滩为王的做法是有区别的。

第二层近海的那排建筑一般都是品牌酒店，算是半公众区域。政府在该区域中心建立了一个公众公园，可以自由烧烤，举行野餐活动。入夜，几家酒店一楼露天的酒吧灯火闪烁，自然连成了一条浪漫的海边街市。

第三层次是旅游休闲区域。这里是繁华的商业中心街区，有世界名品一条街，也有餐饮一条街，是游客感受旅游地文化的强磁场。

第四层才是城市生活区。夏威夷主要的公共设施、政府机关、学校、医院及普通市民住宅有机分布，沿交通干道一直向远处发展。

第五层是私家住宅区。城市开始向山坡发展，私人物业根据可以观海的差异，出现巨大的价格变化。一般的游客很难有机会拜访这些区域。

第六层则是远处壮丽的山脊线，这个海洋气候明显的旅游地，一会儿阳光普照，一会儿乌云密布，一会儿彩虹悬空，气象万千。有趣的是，尽管夏威夷旅游地产极为发达，但总可以在一些角度看山景，却完全看不到任何山上的建筑物。规划设计成功地保护了许多美丽山谷景观。

夏威夷的海岸规划，较完美地处理好了公众旅游和私人物业的关系，防止了许多经常空置的私人物业贴近海岸，而公众活动区域极其狭小的问题，尽管山坡上也有许多别墅，规划控制还是保证了整体景观效果，不让建筑完全破坏了自然氛围。这种规划手法同中国三亚和深圳东部沿海规划相比，高下立见，值得中国规划界反思。（洛杉矶－深圳 2009）

二　阅读大地

一座长满毛竹和杂草的山头因为毫无特点，几乎谈不上美。英国景观学家贝尔·西蒙告诉我们如何处理这样一个山头的景观：要适当整理山上植被的层次，让自然植物勾勒出山脊线来，让山坡上巨大的岩石露出来，有了这些表现地方精神的元素，本地并不出名的山头特有的美感就自然显现了。

中国大陆地理结构的复杂性和历史文化的悠久，决定了我们不能用同一种尺度和标准看待所有的土地。否则，地方精神就有可能淹没在一种伪主流话语体系中，并逐渐丧失其可辨认的所有特征。

对中国无数的城市和乡村来说，解读地方精神是一个艰巨的工作，同山头景观整理过程相似。这就是重新阅读地方秘史、理解土地特征，并组织表现符号和元素。

为了阅读土地的宏观视角，你必须保持高度。

苏州是株老紫藤

在刚开馆的苏州博物馆的后庭中，有一株已经爬满棚架的紫藤，绿意盎然。据说这株紫藤嫁接自拙政园，是从苏州人引以为傲的明代著名画家文徵明手植的老紫藤上移植来的。嫁接的立意是本馆的设计者，已届90高龄的贝聿铭先生，他把这幢建筑的完成称为自己一生的封刀之作。老藤新枝，从时间的隧道爬满未来的墙壁，这穿越时空的寓意，一定让贝先生深感欣慰。

其实这也是苏州城市一个恰当的寓言：努力用一种并不夸张，但充满生机和活力的方式，延伸城市的文脉，使历史与现实尽可能完美对接，正是这个城市的主流追求。

现代生活的审美，已经被电视、网络的各种潮流严重格式化，并最终演化为对漂亮脸蛋尺寸的精准把握、对流言蜚语的热衷和对急功近利的放肆追逐。所以，我对中国大多数城市的观察，不可避免地留下这样失望的印象：历史有一段传说，领导有一个口号，民工一阵忙乎，地上一堆垃圾。得意洋洋的城市建设、旅游开发往往演变成劣质货、赝品的喧嚣，市场把流行和时髦当成评判好坏的唯一标准，而流行恰恰是方向不定的风，最没有根基。

但苏州不同，人文苏州是株老藤，她有着相当的从容和定力。夸张点说，它守护着中国人文精神的半壁江山。寒山与拾得的禅话，唐伯虎的才子佳人传说，文徵明的细密，无不昭示着性灵世界的丰度，提示自在自为的价值。人文苏州把心底桃源的追求当成自身完美的最高境界，这也许是我对中国传统文化中最为推崇的部分。

老实说，这些年我对中国传统文化中的许多内容也越来越不耐烦。我尤其讨厌中国式的婚丧嫁娶，婚礼往往是一场没头脑的表演，没有誓言和约定，只是以酒宴形式完成一种相互占有的暗示，为随时的毁约留下方便之门。丧葬更是闹剧，五跪八拜，大吃大喝，生者剧劳难堪，死者更是难以享受一个有尊严的结局。不仅如此，我还基本认可方舟子对中医的看法。还有，我尤其讨厌那些提倡让幼儿读经的家伙，那些满纸令人迷惑的《道德经》真的值得背诵吗？有什么至理在手，能不能用通晓的话说明白？没听说牛顿、爱因斯坦的著作需要背诵的。崇古之风，最为不堪。据我所知，中国古人根本没有明确的地球概念，天与地的概念也极其含糊不清；而今天虽三岁儿童，只要乘过一次飞机，就足以描述一番天与地的真实观察。那些天地玄黄的古怪议论真的还值得当成字字珠玑的宝典吗？用权威、古典为旗号，以迷信和盲从为说教，是这些古文化卫道士的手段，他们在寻找新的殉道者。

但苏州人文，包括邻近的扬州、杭州文化，在心灵艺术世界的探索却别有洞天，那是中国文化中少有的干净福地。游目所及，寒山与拾得的故事大得性灵修持之美；张继的《枫桥夜泊》也许开启了“苇洲夜泊”的清流画风；同里流传的“珍珠塔”故事，更是一个江南才子佳人的典型版本，那是爱情的盟约力量衍义。苏州人在吃喝玩闹、争名夺利、喧嚣尘上之外，不仅营造了中国的江南园林之美，还从野舟待渡、新桐初行、山静日长、寒潭鹤影、乾坤草亭中寻找生命的清供。

人文苏州充满了广域的禅意与审美，苏州文化中推崇的人物有道士、和尚、乞者、隐者，有高人学士，也有红尘女子。在苏州的视野里，人的外貌形状已可以隐去，唯有心灵的深度才是值得考量的标准。它比流行时尚、统治者的意志和电视霸权更为宽容与博大。

当然，不难发现，同中国许多的城市一样，苏州这株老紫藤，要延续这绵绵文脉，在现代城市动荡多变的潮流中，已面临汹汹压力。

最容易发觉的是老城的窘境。在江南水网的穿插中，是苏州的老城区，方格状的布局像城市的化石锁在地图上。从木渎开车经过老城区，司机都会犹豫再三说：路是不远，不过要穿过去实在太难。严重的堵车，犹如这株老紫藤硬化的血管内壁。也许，苏州人总有一天会明白，这个区域要彻底让给步行和骑自行车的人们，让汽车一律绕城而去。古老的城市格局，只能用古老的方式去使用。

寒山寺区域的城市景观，更是显示了这株老藤的疲态和不可避免的衰老。张继的“枫桥夜泊”被人一再诵读，历代无数的碑刻就是明证。“月落乌啼霜满天，江枫渔火对愁眠，姑苏城外寒山寺，夜半钟声到客船。”此情此景，老实说以今人对时间、地点、景物的把握，已不足以复原张继那一夜的感慨。因此，这诗便成了绝唱。

但人们不甘心，好事者便欲复现这绝响。这使我想起了庄子关于混沌的寓言故事：中央之帝混沌本来活得很快活，南海与北海二帝看他无五官七窍，便想帮他，一日为他凿一窍，最后七窍凿成，但混沌却死了。

寒山寺周边的建筑，就是好事者为张继的“枫桥夜泊”凿七窍。寒山寺本身已俗而无禅，中央高塔据称是某方丈为结束寒山寺有寺无塔的历史而建。也许这起意是好的，但这塔最大的问题是同整个建筑群的关系处理不当，尺寸不对，实在太大太突出了。寺内的气氛与环境令人不敢恭维，热闹而乏庄严，凌乱而乏清净，这已是中国寺院的通病。寺院里陈设了太多的钟，让人突然觉得张继当晚听到的天外孤音有如儿戏，空灵感自天堕地；寺外穿凿附会的“张继夜泊处”之类的建筑更是无从稽考了，单从那建筑群的密度看就让人疑心是房产商与旅游商家的合谋。尽管有新年钟声的炒作，东瀛来客莫名的热捧，但你仍会有明确的念头涌上心头，此处钟声很多，夜泊的地方更多，只是张继的诗情却消失了。此寒山寺已非彼寒山寺了。

因此，我疑心真正的旅游，其实是不可能有导游的，如张继的孤旅，苏东坡的赤壁之行，徐霞客的壮游，只是自己寻寻觅觅的感悟，借远足叙写自己的心灵世界。

好事者就这样按自己的理解勾画了寒山寺的景区，就像用石灰水粉刷了敦煌魏晋壁画的王道士一样，为自己的工作满意地吁一口气，并等待人们的夸奖。但真实的情形是，张继在完成那首绝唱后不久，便死了；在好事者完成这些景点建设后不久，张继的诗也死了。

苏州博物馆新馆外的街道，看起来只是普通街道的延伸

这足以让建造者警觉。建造者的立意，犹如上帝的旨意：让荣华者清逸，让贫贱者安居，唯不可以让高洁者蒙羞。如果不能让世人欣慰，而是让人遗憾，那又何必动手呢?

苏州博物馆新馆内移植的那株老紫藤

但苏州毕竟是株不凡的老藤。它有能力超越衰老，次第长出了顽强而鲜亮的新枝：远有东部的苏州工业园区域，近有苏州博物馆新馆。这让我看到这个城市的希望。这两个区域都是苏州文化与世界碰撞的结果。苏州工业园用现代科技为这座城市注入了源源动力，并从整体上暗示城市光明的未来，苏州博物馆新馆则固本开新，堪称巨构。这两者有异曲同工之妙。

苏州博物馆新馆尤其让人流连忘返。只有像贝聿铭这样的大师，才能完美诠释苏州人文，把中国的江南庭园文化推向现代，他为中国元素注入新意。正如张继的诗一样，只可揣摩，不便言说。所以，入馆的人大多沉默不语。这件作品不是引起兴奋的，而是引起深思的，它是苏州人文更生的希望，并指示了通向现代世界的明确方向。

在苏州历史上，贝聿铭堪与“吴中四才子”唐伯虎、文徵明、祝枝山、徐祯卿等量看待。更重要的是，贝聿铭的建筑的意义是面向未来的，他的工作的意义还未完全显示出来，他完成了一次中西文化的大圆融。

贝聿铭的作品唯一缺点就是太出色了，以至于几乎所有入馆参观的人们都不记得看了什么展品，仅记得这片建筑了。但这不是坏事，这意味着苏州的历史已完整融入现代世界之中，老藤新枝，浑然一体。这生机足以让这个城市的人们心灵富足。

苏州的中国情绪浓郁迷人，苏州城市的发展大胆而小心。亦新亦旧的城市既是本土的，也是世界的，这令我向往。谢尔顿愿把他心灵的故乡锁定在香格里拉；洛克说愿意在丽江的鲜花丛中死去；李约瑟说他愿望生活在12世纪的中国新疆。如果让我选择，我愿望生活在当下的苏州，这株中国老紫藤树下，做一个怡然自得的小市民。（上海－深圳 2007）

无锡一个瞎子的尊严

噢，一个瞎子。一个被丑陋而愚痴的婆娘牵着手，徘徊在里坊陋巷，沉默地啃着别人施舍的半只冷馒头，戴着一副可笑的拒绝看清世象的墨镜，蜷缩在街角等待另一个铜子幸运地丢下来的乞者。

我不能抹去脑海里的这幅图像，并在无锡的繁华而热闹的街头寻找，希望找到这样的身影。但是，此景已绝。此刻街头的乞者，全都四肢健全，且更懂得迎合与避让的乞讨技巧。

这个瞎子老者叫阿炳，名华彦钧。所谓的故居在无锡闹市的崇安寺旁。纵使现代城市设计专家和文化装饰家们使出百般技法，尽力铺陈和渲染故事，也无法遮掩阿炳绝对的贫困和潦倒。

在这个所谓的故居，好事者移来了某寺的古井和牌坊，设计了道家音乐的博物馆相伴，使附丽风雅的访客，有一种置身煌煌大端的感觉。但事实是，阿炳所占一隅在此仍是配角，仅是一间20平方米的偏室，仅一床一桌，一盆二碗。简陋的遗物如秋蛇蜕皮，飞鸿遗羽，完全无足轻重。连那把墙上挂着的二胡也是赝品，一切都令人生疑地透露着一种添油加醋、抢救文物的气氛。

墙上的那幅照片，也许有几分真实。但这老者的神态更让人泄气，那墨镜后深拒的神情，如山如壑。

只有那旋律是真实的，并不断在心中升起。二泉映月，如泣如诉，哀中见冷，冷中见静。如林泉禅者闲谈，实寒夜病妇哀鸣。

日本著名指挥家小泽征尔说了一句最贴切的话：这是一首应该跪着听的乐曲。

噢，一个街头乞讨的瞎子的应命之作，天鹅终曲。

由此，我几乎相信古龙或金庸武侠小说中的某些场景绝对是真实的镜头，肮脏的丐帮在街上蠕动。一旦武林有事，其中一个最不起眼的枯槁老者，突然霍然长身，显露出惊世武功。但我又立即否定，阿炳不可能有这种传奇，也没有秘密的武功可以倚恃。他的人生只是一塌糊涂的失败，除了用二胡诉说，他身无长物。那时的“无锡”应该改名为“无人”更适当些，一首在街头盘旋20年的曲子，无人理会。

这个瞎子只是如潦倒中的曹雪芹，过一天算一天。如临终前数日还在拼命著述的儒学大家熊十力，权且麻绳束衣，但仍双目炯炯有神。

世上有这么一类人，命途多舛，无好命相伴，无世道迎奉，只有一把瘦骨，一身傲气。只得把自己的生命变成最后的一把火炭，投向创造的烈火，在认定的使命完成后消逝而去。

无锡的好事者可曾体会了瞎子阿炳的这番心境？我觉得他们真正应该移植过来的不应该是什么古井、牌坊，而应该是一块典型的太湖石。

只有那种被称为瘦、漏、皱、透的怪石堪与之相伴。据我的观察，太湖石有一种奇特的江南人格：不圆不方，不周不延，拒绝分类，难觅同党；坚硬却无实用价值，高傲却不显神性。

斯人斯曲已成绝响。无锡街头这神情木然的瞎子，这段永远无法抹除的旋律，已成另一个太湖石般的谜。（无锡－深圳 2008）

梅花之镜

以前中学的课文中，有一篇被人们奉为名篇的龚自珍的短文《病梅馆记》。说的是龚自珍对江南的文人雅士咬牙切齿，认为他们对梅花太不地道，曲其形，删其枝，合谋着以病梅谋利，大大扭曲了梅花的自然天性，于是自己建了一个收藏馆，以治疗病梅。

早春二月，我得以在太湖边的长兴县林城镇的山区，一观满山遍野盛开的梅林，慢慢地有一个想法浮现出来：人们也许有许多观赏时令花开的经验，然而，真正见过满山坡梅花盛开的人，应该很少，我敢这样揣测。

不仅如此，再读一遍龚老先生的文章，更觉得他不过笔走偏锋，以说梅浇心中的块垒，其实对梅的理解，实在差强人意。加上如今一国之中语文老师同声一气的望文生义，可谓误了一代人对江南梅花的认知。

借用沈从文的一句话，我曾走过许多的桥，也曾见过许多的花。我曾在春日的暖阳中行走在成都东山的浪漫桃花林中；也曾在一个闲适的下午，惊叹过当阳长坂坡油菜花的美丽；我曾体验过日本人对樱花的情怀；也曾在普罗旺斯寻觅过熏衣草的香魂。印象中，这些时令花开，都是我们生活恰当的陪衬，是人生沉醉的背景。人们在这些花海中很快就进入一种忘我的境界，舒坦中升起感慨。

如果以前没有观梅的实感，人们就会带着以往的经验和心境，如此散漫和不经意地走入梅林。我就是这类的经验主义者。但是，这个假定是一个莫大的错误。

在梅林里只走了几步，我立即有一种怪异的感觉：不是我在看梅花，而是梅花在看我。漫天梅花开得热闹非凡，从容淡定，冷静而不动声色；而我却步履凌乱，频现窘像。

是早春二月江南阴冷的厉风让我乱了分寸，阴雨绵绵，重云如铅，寒冬其实还未走远。面部和耳朵被风刮得生疼，拿相机的手有些发抖，哪里还有春观桃花、秋观菊的谈笑风生。

原来赏梅首先需要的是观者的正心定神。同样立于天地之间，它迎风怒放，而我却畏寒失态。梅花是一面镜子，它首先让我看到自己。这同其他花是多么不同啊，它不娱世也不媚俗，只在一片肃杀之中清楚地交代它的生命追求。

不仅如此，梅花是最不讲究开花的形式的。直也好，斜也好，盆景也好，野地也好，几乎没有什么力量可以阻挡它的盛开。看来百年前的龚老先生真是杞人忧天：梅花的属命又岂是三两个文士可以改变得了的，它那应时而起的勃勃生机充盈宇宙天地，又何须酸秀才去拯救？

山野观梅的实际经验告诉我，龚自珍馆中观梅，其实同现代人网上就图片赏梅大同小异，大概除了误解就是自作多情了。为此，我不免会有对人世的一些感慨，我想世人应该也多是直把梅花当桃花看的吧。

如果说百花盛开，装饰点缀了我们的生活，让我们欣喜的话，只有梅花让我肃然起敬。如果选国花，我赞成选梅花。我甚至提倡，每一个中国人都应该有一次观赏早春梅开的经历。观梅，是一种恰当的人生仪式，它提示你思考面对浊世的态度，叩问你人生的追求与境界。

中国传统文化中有许多类似观梅这样的文化积淀，正在迅速被人们淡忘和曲解，这是一件相当危险的事。在现代景观人类学的视野里，本土的特殊风景和欣赏方式，恰恰是一种民族自我认同的方式，是区别于其他民族的另一种“国境线”。如美国19世纪以黄石公园为代表的国家风景建设，就十分有效地从英国建筑与人文传统话语系统中，成功地剥离出美国新大陆的文化特征。

如果要用景观设计方式确定中国文化的特征的话，我觉得真正的赏梅文化应该是其中重要的一块基石。（杭州－深圳 2009）

从三台看地震灾区重建

我们这次要去的地方是四川省绵阳市的三台县。尽管这个地方离汶川大地震的中心区只有不到100公里的路程，但据可靠消息，三台县受损的情况并不十分严重。此次我们中标将要处理的项目，是该县县城南门外的一片棚户区。策划与规划联合小组担负的任务，就是找到这个旧区重建的最合适方案。

重灾区就在不远的地方。老实说，在从重庆开往三台的公共汽车上，有一个与这次地震有关的问题一直在我心中萦怀，挥之不去：汶川、北川等地目前都在讨论城市重建方案，那么，一个合格的区域规划专家应该如何思考这个重建课题呢？是原地重建，还是择地而建？是立志建地震震不倒的房子，还是考虑一个社会各因素均衡发展的应对方案？什么问题是灾区重建中应首先考虑的问题，什么是真正可持续发展的区域发展方案？这些疑问同三台棚户区重建问题在我脑海中交替出现，一时并无明确的答案。

这片土地经历了大地震劫难的景象，是逐渐进入视野的。起初是高速公路上飞驰而去的大货车，有的挂着“抗震救灾”的红色条幅；然后是公路两边的大广告牌上写着“四川人民抗震救灾，感谢全国人民的支持”的字样。在射洪县境内，路边偶尔可见山坡滑落的石块，进入三台县境内更可见“感谢厦门特警支援”的标语等等。

下车走在三台县的街道上，仔细观察周边的一些建筑物的墙体，地震的痕迹就可以看得更清楚了。不用去费力寻找，就可以看到不少建筑的确已留下长长的伤痕。在南门外的棚户区考察，发现这里已是一个十分破败的旧街区，路边沟渠到处可见地震时震落砸碎的瓦片。在这条旧街的茶馆里，不时可听到人们在议论劫后余生的经历，让人心有余悸。在棚户区南面是涪江和凯江的交汇点，人们告诉我，涪江上游就是唐家山堰塞湖。不过目前堰塞湖险情已解除，江水只是有些混浊，水势也并不汹涌。

街道尽管如此破败不堪，南门外的棚户区还依然维持着极其微弱的经济活动。好客的当地人热情非凡，在灰尘满地、满目苍痍的老街上，他们请我吃当地的特产凉面。我不好意思推托，只好坐在矮几上胡乱吃了几口。入夜时分，我担心的事终于发生了。我的肠胃正式开始“地震”，急性肠炎翻江倒海地发作起来，将我击倒在三台县医院简陋的门诊部，我不得不躺下面对医院地震后伤痕累累的天花板……

总之，三台县似乎就是这么一个微不足道的小地方，发生着一些难以被人注意的琐事。在病床上辗转的时候，我开始翻阅三台县志和年鉴。结果证实了我的许多关于这个地方的猜测。原来，这个两江交汇的县城，尤其是下午考察的那个满目萧然的棚户区，历史上是大有来头的。

在20世纪以前，成都平原主要以水运交通为主。三台县的南门外，一直是川西北重要的水码头之地，可谓商贾云集，樯橹盈江。上溯至汉唐时期，此地为梓州，足与成都齐名。史载唐朝著名诗人李白、杜甫均曾在此寓居，杜甫的名作《闻官军收河南河北》即在此写就，目前城中还有“杜甫第二草堂”的胜迹。这类名胜，在此不胜枚举。

这个川西北名城的衰落，因为近代历史中两个众所周知的原因。首先，这里是中国典型的农耕区，当近代工业化浪潮在全球扩散时，这里因为富饶的水土一直保持着古老的农耕传统，渐渐在经济发展上落后于世界水平，始终围持着保守的农业社会特征。其次，在过去的50年里，公路和铁路运输在四川飞速发展，给这个著名的水码头以致命一击。水运彻底衰落了，整个县城区域也因为四川交通结构的改变边缘化了。尤其经历过去20多年的市场经济洗礼，与航运有关的职员和水手多已下岗或转行，这个原本繁华的区域，因为建筑和道路年久失修，便逐渐变成了一个正在死去的老年社区。

从时间的长尺度看，这过程异常残酷，正如一场“经济地震”，使一个地方从繁荣到没落，从生到死。这里，正让我观察到了一个社区发展变化的生命历程。那么，这种衰老的社区应该如何重整，如何找到一条可持续发展的再生之路呢?

人们曾经设想过许多可能的方案：有人说，干脆政府出面，重建一条漂亮的大街和一批新住房，一揽子解决这个历史遗留问题。但这种设想显然不切实际，不仅政府财政负担不了，单单这些棚户区居民未来如何维持生计，便是一个无法解决的大难题。又有人说，将土地招拍挂，靠社会力量进行市场运作。这个设想同样也存在问题，先不说公平与否的话，单这庞大的拆迁量和暗淡的市场前景，就难以吸引负责任的公司有始有终地完成这项工程。

由是，同地震灾区重建问题对比，三台县这个棚户区的难题给了我思考的材料和真切的体验与观感。我已经在同有关部门的前期交谈中，表明过我对这种区域重建的看法。我觉得，这类重建区域的首要问题，是如何解决未来的经济造血能力。策划和规划如果不从此着眼，区域可持续发展将只是一句空话。

值得庆幸的是，三台这个棚户区的历史遗存还保留完好，而历史本身就是一种可以发掘的财富和资源。在前不久的澳门特区概念规划方案讨论中，我们已反复讨论过这类问题。我想对于这个棚户区的改造，我还有机会从表现川西北码头文化和历史入手，从地域旅游主题再造方面，为该旧区注入新的经济活力。这就是我坚持把“旧城改造”称为“旧区重整”的原因：继承传统文脉，引入现代生活。

江上的水手和他们的营生已经走入历史，但这种历史的表现形式和建筑遗存，正是一个城市的记忆；如果以旅游街区的方式处理得当，正可以成为水手的后代们讨生活的场所。

我想，这正可以作为思考大地震之后的汶川、北川等地规划工作的一个参考点。对于规划人们未来复杂而漫长的生活，仅仅有爱心和热情是不够的，必须有冷静而理性的分析，着力解决区域发展的关键问题。对于区域重建来说，这就是寻找和培养可能提高经济增长能力的生长点，重视重建经济造血功能，这应该就是区域策划和规划工作的应首要考虑的问题吧。

重灾区应该如何重建，情况各异，不一定是三台模式，需要做决策分析。不管怎样，老天尽管暴虐，但也使得自强不息的人们有机会执行一个全面而均衡的发展计划，重建计划的专家应该为在这个区域还要继续活下去的人们，从经济发展这个根本大计上多思考一下。

否则，时间会很快揭露匆忙和浅薄的计划的老底，人们会发现自己很难摆脱类似三台棚户区在失去经济造血功能后，经历的“经济地震”带来的破落与衰败。如果没有经济繁荣带来的完善的社会治理和良好的生活环境，人们也许还会随时要品尝那种夹杂着热情与病毒的凉面，这是我们最不愿看到的。（成都－深圳 2008）

澳门也有个威尼斯

澳门是一个在过去的500年里，一直被中国传统道德诅咒的城市。外国商人唯利是图、传教士蛊惑人心、鸦片贸易祸国殃民、博彩业弊多于利等等，几乎是澳门历史的缩影。澳门威尼斯人度假村开业仅一个月时间，游客达四五百万之众，可以说是世界旅游业中的奇迹，但中国大陆好像没有人注意。被忽略，只是在茶余饭后的谈资中偶尔提起，难道这就是澳门城市的命运吗?

这个问题最近一直在我心头萦怀，挥之不去。因为在从事为澳门特区政府制定未来城市规划工作框架研究的原因，我一直在寻找澳门历史和命运中这个巨大的矛盾性的原因，也及未来可能的解决之道。

还是先说说威尼斯吧。其实2002年春天，我应王志纲先生的邀请，就去过意大利的威尼斯城。记得还特别好奇地问过那个划贡多拉（gondolas）的船夫，可知道威尼斯商人马可·波罗，可知道中国？船夫点头称是，还特意带我们去了马可·波罗的故居前，向我们指指点点一番。

由此我对威尼斯有了一些了解，更清晰地知道了这里是欧洲文化的一个重要组成部分。一般地，我们把1492年看成世界近代史的开端，因为这年哥伦布发现了美洲大陆。其实，哥伦布的远航就是受了马可·波罗的东方游记的影响，去寻找到处是黄金和珠宝的东方王国的，只不过他到死都未明白，他找到的是一个新大陆，而非传说中的东方而已。由此世界近代史中全球贸易时代开始，科学技术飞速发展，直至今时今日的全球一体化局面。

如果我们把近代世界的发展历程看成欧洲文明全球化的过程的话，威尼斯就一直是这一宏大叙事中的重要场景之一，有着欧洲象征的意义。

现在，威尼斯的象征和隐喻被许多地产和旅游开发者借用，以至于好像中国每个城市都有叫威尼斯的楼盘。但这次澳门威尼斯的开业不同，它不再是简单的借用和模仿，而是整合与创新。这个投资达三十多亿美元的庞大的建筑综合体，是以美国迪斯尼乐园的手法，打造了一个集旅游观光、娱乐博彩和会展博览为一体的最前卫的旅游目的地。这种手法是世界最新投资手法在中国的体现，是继迪拜、中国北京鸟巢等巨大建构后的旅游项目方面的代表性作品，是世界旅游潮流向东方涌动这一宏大叙事中的前哨。

但中国旅游界在沉默，装作天下无事。我想，其中的原因是因为博彩问题，这点人们心知肚明。中国对博彩业的理解同世界还有很大的距离，其实目前世界许多城市都有博彩，如美国许多州、欧洲许多城市，澳大利亚和新西兰的主要城市等，他们作为娱乐旅游项目发展，也未见造成大的社会问题。为什么澳门会那么敏感呢？

这应是澳门城市长期的形象影响造成的，似乎中国落马的贪官污吏都同澳门博彩有关，这就是澳门巨大矛盾性的根源。由此，我以为，在未来的澳门城市发展中，如何避免博彩业的负面影响，倡导和谐的娱乐博彩发展，应是城市规划的定位的起点。

所以，在给澳门政府的建议中，我认为澳门未来的发展，应在“休闲之都，和乐发展”思想指导下进行城市营运，制定发展策略，即未来的澳门城市发展要提倡和谐的娱乐发展，并把这一政策，体现在城市功能分区、公共政策与管理方面，这应是博彩旅游可持续发展的重要选择。澳门的未来不能再出现赌死赌生的负面形象。

如果改变这一城市定位策略，也许像威尼斯度假村这种旅游目的地的打造手法，会被更多的中国旅游投资者所借鉴，澳门作为中国连接世界的重要观念桥梁之一，不致再星辰蒙尘，则澳门有可能开拓一个新的休闲文化时代。（澳门 2007）

重庆，这个中国大看台

要观察重庆，就得去朝天门码头。就像观察北京，你得去天安门广场一样。城别三日，当刮目相看，这话可以说重庆。

历史的巨变正在这里上演，我决定去朝天门寻找这个城市的原点。

不难发现，朝天门这里的空间结构并没有很大的变化。还有许多熟悉的景观可见：长江和嘉陵江汇合处清浊分明，一个赤裸上身的老汉就着江水在洗头，头上涂满泡沫；还在运作的长江客轮，像一根联着历史与现在的长长的鱼线，从长江的低谷钓起一串串让人惊讶莫名的物件，那些肩挑手提的下江人正逐渐消失在城市复杂的背景中。

我觉得，朝天门是长江上的一个巨锚，是一艘巨舟的瞭望台；朝天门更是穿透时空的大舞台，是一个江城活的主题公园。这里丑陋的外形，多歧亡羊的空间布局，小贩的叫卖和单调形影，是这个主题公园的历史性底色。而现在，这个主题公园上演的戏剧，主要是人们对金钱的渴望。周边闪闪发光的招牌和傲然雄视的楼群就是证明。

朝天门正是重庆一个很好的缩影。其实整个重庆就是一个中国目前最大的主题公园，一个超大型有舞台效果的城市。这里正在上演的就是关于创造与疯狂的节目。可以从两个方面观察这个舞台。

从城市结构看，重庆在长江、嘉陵江两江夹持之中，形成江北、渝中和南坪三个独立的空间，由于城市建在丘陵上的原因，这三个空间通过大桥相连，平常行进在这里，总可以望到对岸通明的灯火，城市由此获得了一种相互观看的尺寸，有一种舞台般的间离效果。

实际上，从目前城市的兴奋点看，这里就在上演一部剧名叫“造城”的喜剧。这是目前世界流行剧目的新版本，远有迪拜，近有深圳，都颇成功。在中国经济高速发展二十多年的今天，中国在重庆造城自然有相当的底气。

但担忧是显而易见的。把一帮农民搬在一起住就是城市化吗？迪拜、深圳的成功毕竟是在海边，在季风亚洲的纵深皱褶里，如何建立强势产业，这应该是一个世界难题，重庆还远未回答这个课题。

可以这样看，如果重庆的城市化成功了，很可能意味着整个中国从农业大国向现代化国家转变的真正成功。由此，重庆像抗日战争时期作为陪都一样，又一次因为特殊的地理位置，获得了非凡的历史意义。

所以，我饶有兴趣的猜想，未来的重庆该是何种模样。是瑞士的山城还是英国的大湖地区？是日本的富士山湖区还是香港的景观？或者只是东南亚的曼谷和新德里？

眼下的重庆有如1860年以后的上海世象，投机者如过江之鲫，纷乱复杂；如长江之水，泥沙俱下，清浊难分。人们都在忙于生计，把全部的精力和时间都献给了繁忙的日常事务，好像没有人关心这些问题。（重庆－深圳 2007）

武当山与奥林匹克精神

我们并非道行高深的武当道士，只所以不得已从金殿走下武当山，是因为天晚索道已停运。举步之间，我们这些生活在城里的所谓精英们，立即觉得满身赘肉是多么沉重的负担。谈笑之中，我有两个对比发现。

其一，武当山金殿周围的建筑群里，有许多眉清目秀的道士，他们走山道，无不健步如飞。触目所及，其中并无一人肥胖臃肿。其二，在下山的陡坡上，我目睹了一群约20人的民工队伍，有老有少。他们正在将一件重达1.5吨的索道部件，一步步搬上山，步履十分艰难，据说一个部件需二天才能搬到索道上站。这一群人中也没有一人是大胖子。

看来生活环境和生活方式是人类身体状态的塑造者，武当山的所见即是证明。劳动者不得不长期从事繁重的搬远工作，导致了身段适当，这是被动的适应，适者生存效应而已。而道士们的好身段却是主动锻炼的结果，这特别让我们感兴趣。武当功夫讲究长期修炼，身心同修，摒弃了乏味，有一种身体和谐的愉悦感。这就揭示了武当山的一大秘密，道家留给世间，尤其是现代生活中奔忙的人们的一大遗产，就是对自身身体的尊重。道家提示我们，选择什么样的生活方式，就选择了什么程度的健康。

由此，我才真正第一次认真想一想道家哲学，在我的印象里，道教始终是一种边缘化了的教义，但它对生活方式的探索，却始终有许多内容值得我们思考。从现代人的价值观看，在其他宗教里，可以看到不少大胖子，但道教中却少见。看来，道家并不是一个真正尘封了的，已离我们远走了的宗教，它孤峰傲立的金殿预示着更多的东西。

道教的一些告诫对现代人有珍贵的价值，但武当山的旅游一直以来却举步不前。人们抱怨，道教的解说系统实在太艰涩了，让人望而却步，这应是武当

很久以后，我一直在想，原来山顶缆车上的巨大构件是这样搬上去的

山旅游突破的主要症结所在。由此，我想到了许多中国传统的景观旅游地面临的产品更新换代的问题。概而言之，华而不实的炒作已经证明收效不大。宗教旅游经营者要研究现代生活、贴近现代生活，要力求同现代人的生活价值观产生共振，这恐怕是历史主题旅游暗渡陈仓的唯一法门了。

我觉得，改造之道离不开市场和环境，时至当代，这其中的关键是应该拥有全球眼光，让中国产品加入世界大合唱，寻找全球化共同语境下的独特定位的问题。

在全球旅游产品中，全球各大洲千差万别，但均不离自然风光、建筑遗迹、动植物形态、独特文化主题等几类。如起自希腊奥林匹克的奥林匹克精神，就是许多旅游目的地表现的一种被世界认可的文化主题，它代表人类追求更快、更高、更强的愿望，是人类关心自身身体的共同话题。

我们应该尽量同这些世界性的话题沟通。武当山的道家文化应该在这一点上要学会讲“普能话”，讲“世界语”。从全球旅游者认可的角度看，道家文化中的养生功夫，就是一种“东方的奥林匹克精神”。如果摒弃那些驳杂难解的道家术语，人们很容易发现它对当今生活的紧密关系和启示，而不会被拒之于千里之外。

这“东方的奥林匹克精神”还有它独特而博大精深的一面。因为希腊的奥林匹克精神主要是竞技体育，提倡的是更大力、更快捷，是身体外在表现的东西；而“东方的奥林匹克精神”则更强调身心的共同修炼，是以和谐和愉悦为最终追求的。武当山道家旅游在这点上如果接通同世界交流的联线，将大有可为。

自然，这条路并不好走，会遭到传统势力的强力抵抗。但我想，把古老的真理翻译成更加通俗易懂的语言，让更多人从中受益，总不会大错。从武当山费力地走下来，更让我坚定了这个想法：更新之路在于认同全球共同的旅游趣味，并主动对接，中国传统旅游目的地只有放弃偏执与自说自话的习惯，方有一线希望。（襄樊－深圳 2006）

永恒的围剿

春三月。在我脚下的这块地远望，四周都是媚俗的快速城市化蔓延以后的建筑垃圾，中国目前特有的城不城、乡不乡的驳杂景观。还在三五年前，这里曾是一片美丽的橘园，但建筑商们用种种堂皇的理由吞噬了它，人们用匆忙的节奏在山坡上种下的成片的房子，被命名为酒店之类高尚的名字。干道上飞驰而去的汽车压迫着视野和神经，日复一日地圈定在这喧嚣之中，似乎没有什么值得憧憬。

冲杀在十里长坂坡的赵子龙，是说书人口中的真英雄

只有远处的山峦闪着希望。那里应该是逃逸的国度，我想， 由此去西北方向吧，那里有高山峻谷。不，我立即又在心里摇了头，自从高峡出平湖后，长江上便弥漫着爆破声和水泥的味道，我也便未见过大江东去、惊涛拍岸了，那里所谓的巴东三峡， 还是留给被举着小旗的女导游带领的人们吧。对了，还是去东北方向——那里一直是中国文化中莫测高深的丘陵地。

沮水与漳水边古称“楚望”之地的当阳， 就这样闯入我的游历中。

这里发生过的一些事，其实中国人大多数从小就熟知。因为中国文化无非是由这些历史的碎片拼接起来的。

但熟知和理解还有一条沟。我站在漫天金黄的菜籽地里，望着全中国这条最著名的坡：十里长坂坡时，心里已有了这断言。其实，它现在已是一条相对平坦的乡村公路。经历二千年的马踏车辗，它依然是南北交通的重要津梁，也是历史最古老的见证者。

那场中国历史上最血腥的围剿就发生在脚下。想必周围的山峦依然是旧时模样，闭上眼睛，你似乎还能听见战鼓之声。

东汉建安十三年（208年），曹操闻刘表已死，挥师南下，刘备觉得樊城已是孤城难守，于是率军民十余万人及辎重向江陵撤退。曹操闻讯，以轻骑兵五千，一日一夜行三百余里，至当阳长坂坡，大开杀戒，刘备溃不成军，仅余张飞二十骑断后，仓皇突围出逃。

但长坂坡上被困的军民及刘备家眷却仍身陷危难中。

身长八尺、浓眉大眼、阔面重颐、姿颜雄伟的大将赵子龙，为救刘备家小，引数十骑在长坂坡左冲右突。子龙先后曾七进七出曹军阵中，斩曹军50余将，全身而退。

这就是中国文化中盖世英雄的出世篇。虎将赵云从此成了中国人心中临危不惧的战神。

王朝更替，大浪淘沙。战胜也好，战败也好，这真的英雄，在老百姓的心目中，已是不可战胜。从此，中国人有句话，叫不以成败论英雄。

历史要感谢这场舔血的围剿，它给英雄下了千古定义；感谢这永恒的围剿，从此它给孤立无援的人们以心灵的伟力和韧性。

由此，才有了千年以来的设问，如果没有围剿，你能成为英雄吗？所以，面对如虎似狼的恶俗你微笑吧，面对对手的迫击你沉着应战吧，今天，我们不是还在上演这故事嘛？

一刹那间，我便被长坂坡前那座黝黑的雕像所感动。那飞蹄的骏马和荷戈的英雄仿佛要从山坡冲将下来，这使我想起在法国见过的路易十四的雕像，相比之下，路易十四那轻松的神情多么像宫廷里的游戏。

疲劳带血的英雄催着受伤的老马，提着沉重的戈矛，从历史中一晃而去，他并没片刻的喘息，他要再入敌阵，他要大吼一声，让围剿的敌手面无血色地逃窜，用惊恐表示永恒的敬意。

纵使这雕像质料卑下，这丑陋的县城被世俗的人们建得乱七八糟，这伟大的形象，被俗恶的旅游开发再一次围剿，那又怎样？我在山东的惠民县——孙武的故乡不也见过所谓“武圣饲料”，在这里也找到了“子龙冻库”，这类盗卖英雄血的沾污吗。要知道中国的旅游，自古就是心灵的感性旅游，是灵性的事。寄情天地，无非是神会古人，心骛八荒，离不了明白自己此生此世的担当。

旅游的精神正在被恶俗和铜臭围剿，但长坂坡的英雄故事告诉我，这种围剿是无效的。因为它存活在山水中，弥漫在空气里，通过荒江野老的一壶浊酒和打三棒鼓的流浪艺人一直传出去，直到有一天，你顿悟。（宜昌－广州 2005）

沉重的铁锤

十几年前我在上海美丽的丽娃河畔读研究生，在主修中国科技史时，最感兴趣的问题就是“李约瑟难题”。李约瑟是大名鼎鼎的中国科技史专家，我们一般不称之为李约瑟，那是行外人士的叫法，我们一般随导师称他“Needham”，以示区别。李约瑟穷其一生在探讨一个问题：“中国古代科技如此辉煌，为什么没有产生近代科学革命，中国为什么没有产生近代资本主义？”。

有学者对此不以为然，认为近代资本主义的生产与经济其实在中国明清时已经出现，证据是中国古代典籍中的记载，如明代的景德镇陶瓷工业异常繁荣，烧窑作坊绵延十里，入夜火光冲天，照亮了整个天空。

当年的争论现已不甚了了，然而却使我记住了一个名字：景德镇。有明一代，天下名镇有四，河南的朱仙镇、武汉的汉口镇、广东的佛山镇，江西景德镇也赫然其中。景德镇为天下巨镇，历史上最繁荣时，人口曾达110万，现在则不过50万人，当时可谓名冠世界。

然而这些年东奔西跑，不时邂逅景德镇这个名字，却有些异样的感觉。现在回想起来，这种感觉大多是在宾馆、酒店里产生的。这些地方总有卖工艺品的小店，不时会有景德镇的陶瓷出卖，总有令人眼花缭乱的品种，印象最深的便是那门口的广告牌：低价出卖，折扣1～2折。有时叫价几万元的货，只要愿意砍价，大可砍到几千元。水分之多，令人摇头。这些货品不仅占据高档的酒店，也会在公园摆卖，市场的地上甚至行人道旁都会见到，良莠莫辨。从此后便连看的兴趣都没有了。

这真的就是景德镇吗？400年前的葡萄牙、西班牙、荷兰商人不畏重洋阻隔，打通东西方航道，趋之若鹜地来中国远途贩运到欧洲宫殿里，令人爱不释手的就是这些玩意儿吗？这类疑问有时在我脑海里一闪而过，总觉得历史充满了反讥，仿佛一场闹剧。

而今全民经商，一片繁荣，然而国货质量差劣，声誉不佳，每有江河日下之势。这就是中国传统产品在当下世界的形象。这类国货还有纺织品、玉器、茶叶等。我们在策划实践中，已多次碰到：因循守旧，改造无望，然而关乎国计民生，无数人赖以度日。真的弃之不得，挥之不去，令人头痛。我们在古文化中曾引以为傲的东西，似乎都在蜕变成一种产品市场上的小丑。

一定有些东西发生了质的变化。我有这种感觉。这次受邀来景德镇，我脑中便一直盘桓着这个念头。千年景德镇的繁荣，应该不是一种偶然，这是历史的常识。只不过能否从历史的烟尘中找出这种答案，需要一点幸运。

点缀在景德镇大街小巷里的官窑、古窑遗址一定隐含着找到这种启示的可能。这是我进入御窑遗址的初衷。然而，令我惊讶的是，这答案不需要寻找，它就明明白白地写在墙上。

自元朝以来，景德镇即设有官窑。因元人尚白，以白为尊，景瓷细白，成为宫廷至爱。官窑在景德镇一直延续到清朝末年。

官窑监制极严。不合格产品严禁流入民间使用，例应打碎后坑埋。否则必遭官方严惩……

这大概就是全部历史的关键点了。一把让人心惊的铁锤击碎了任何苟且的念头，打造了景德镇千年响当当的金字招牌。

原来，景德镇的千年繁荣就是靠残酷的锤击——严格地淘汰打造出来的。不管你有多少日夜的抟泥、制坯，不管你多少寒暑的上釉、烧窑，只要质量，无上的质量！不合格的一律击碎坑埋。这种不近情理的自律，正是自强的保证。

市场监管不如自强自律。道德与规范才是行业的命根子。景德镇人烧窑必祭的“风火神”童宾的故事，其实便是这种残酷的质量苛求的明证。

真正让人惊讶的是，这明明白白的历史写在墙上，现代景德镇人却熟视无睹。鼠盗横行，赝品嚣张：李家的二狗可以在自家的后院烧出明代的“真迹”，张家的黑牛可以变戏法地变出宫廷的“绝迹”，并为他们收到的几张皱巴巴的钞票窃喜。

所以，我们不仅在博物馆里找不到历史上那种沉重的铁锤，也在现代扰攘的批发市场上找不到这类锤子。景德镇人失落了这件让人胆战心寒的物件，从此历史的评述重心偏移。酒要变味，雅韵要走调。

景德镇那些成篇成册登载的大师们，难道还要一个匆匆而过的外乡人告诉你们，那墙上明明白白写着的文字：你们失落了什么吗？（南昌－广州 2005）

无法通译的圣歌

在摩梭人的泸沽湖边，传唱着一首旋律动人的歌颂母亲与女儿的歌。这在摩梭人神圣的祖母房里，在泸沽湖上划着猪槽船的歌手那里都可以听到。

我在满天星光中走进了一家摩梭人的祖母房。那家族的火塘上供着火神，墙上贴着女儿们的照片，尤其鼻梁颇高、脸形端庄的小女儿很有几分明星的风采。

众人围坐在炉火边。那位摩梭族的母亲便唱起了这首著名的歌：

美丽的泸沽湖
迎来了朝霞，
雄伟的狮子山
白云缭绕，
善良的阿妈
你今天为何如此高兴，
只因为女儿
今天已长大成人。

泸沽湖边被摩梭人反复歌吟的狮子山云霞明灭

我后来查考过这首歌里“阿妈”的汉译，有人也译为“母亲”，但没有人直译为摩梭人称呼的“阿咪”。

起初那母亲用摩梭语唱了一遍，然后又转译成汉语。依然是民歌简洁而迷人的旋律，但这唱歌的母亲却给人一种豪爽的感觉。那位母亲完全不同于我们所见到的汉族母亲，她笑声爽朗大气，有一种不可言传的自傲。

气氛活跃起来。有人便开玩笑说：我们是否可以去走婚？那位母亲笑了，连说可以、可以，只要你有魅力。

那位母亲在众人的脸上扫过一眼，最后注意到在一个角落沉默无语的我。母亲说，就你，你的嘴角有一粒痣，我们今后好认你。然后她再指那张小女儿的照片说，你去旁边的绣花楼，她就在207的房间；只须敲三下窗就可以了。

在众人的哄笑中我走出月夜的院落，真的看到了绣花楼里的灯光。沿着小木楼的台阶，轻轻的来到二楼的窗下，我看到一个修长的女子穿着牛仔服，戴着黑色的毡帽正在打电话。我犹豫起来，不敢去敲窗，觉得这个玩笑开得太大了。

这样的母亲和女儿让我突然觉得十分陌生，我立即进入一种失语状态，无法对话。这同汉族的文化绝然不同：那爽朗的母亲率直的个性，那牛仔着装的女儿的自信，都让人感觉到咄咄逼人的气势，我只能落荒而逃。

回到祖母房，那位母亲问我怎么样了？我笑笑说，没敢敲那开着的窗户。那位母亲于是笑着大骂，汉族人都是笨蛋。

当然，这只是本次旅行中的一个小插曲。但我的文化和历史学的敏觉，很快让我认真地打量起这些奇特的摩梭族女性。第二天早晨，我见到了这个摩梭家族的小女儿，依然是牛仔的打扮、黑色的毡帽，在院落里大步走动。我真的想起了呼啸而去的马帮，和在丛林中穿行的猎手。这时，我立刻意识到，那首歌颂母亲的歌是一首完全被误读了的歌曲。

摩梭人的母亲绝然不同于汉族的母亲。更不是那种多年媳妇熬成婆、忍辱负重、低声下气的母亲。她是一言九鼎的祖母，让人想起呼啸而去的马帮，她们是摩梭人力量的象征，摩梭文化的根。汉译的歌曲在文字的转换中，不由自主也进行了文化背景的转换。一个母系氏族社会的母亲概念，用男性至上的文化背景去理解传唱，立即变成一件啼笑皆非的事。离开了摩梭人的文化气氛，离开了祖母房的火塘，藏族佛教的神灵，以及屋顶的经幡，路边的马尼堆，那“阿咪”——母亲的神韵就会在误读中消失。

因为这母亲是人间最独特的母亲。摩梭族是唯一在地球上存在的母系氏族社会，以走婚著称于世。摩梭人知母不知父，女性是最神圣的。男女在13岁行成人礼，可以过大人的生活，那歌唱的实际上就是女儿的成人。青年人以情为媒，实行走婚制，有情则合无情则离。家族中以祖母为最高，子女由舅舅扶养。摩梭人是一个母性大家庭，男不娶女不嫁，基本上不存在夫妻、妻子、丈夫、女婿、媳妇这些概念和定义。

摩梭人的思维更具有一种母性思维的特点，他们以母亲的血缘为本。摩梭人称母亲为“阿咪”，要求所有的人都尊重女人，否则就是不尊重自己的母亲，如果在一个家族中三个女性是同辈，那么她们就都要当成是后代的母亲，并不特别区分那一位是生母；因此母亲们对自己姐妹所生的子女都一概视为自己的子女。在香港学者周华山的田野调查中，有一位丽江师范学院的音乐老师小马是摩梭人，就曾试图弄清楚谁是自己真正的生母。但是两位阿咪都告诉他：我们都是你的母亲。这就是摩梭族深层次的母性文化，因此摩梭人的母亲——阿咪，可以肯定地说，并不同于汉族的“母亲”和英文的“mother”。

摩梭人的猪槽船已经基本变成了游船

不同文化难以相互理解的全部悲哀就在于此。基于经济目的的旅游开发，让一切行为都要追求戏剧化和噱头，我们不再愿深思其他文化的深意，尤其是对相对弱小的民族。这就是“阿咪”被不假思索地译为“母亲”和“阿妈”的原因。

人类学家在研究摩梭文化时发现，这种以家族为单位的母系民族社会，具有相当的稳定性。他们尊重老人，严格区分爱情与婚姻，淡漠财产观念，尊重家族荣誉，注重计划生育。这一切，几乎是千百年来的革命家和哲学家们所寻找的理想社会形态。从最初的圣经里的伊甸园到傅立叶的空想社会主义，以及马克思的共产主义运动，人们就在寻找这种平等、和谐和公平的社会形态。而摩梭人在一个与世隔绝的环境里，一直按照这种模式在生活着。

然而，文化的悲剧正在上演。今天的摩梭文化正在被旅游化、戏剧化，人们并没有把这种文化中提供的重要信息当回事。实际上，整个摩梭文化都已开始被误读。那些可以被人类学借鉴的文化内涵正在蜕变和消失，随着更多的汽车、缆车等现代交通系统的建立，摩梭文化正不可避免地异化和商品化。泸沽湖近十年的变迁证实了这一事实。

当然，回到我们的专业——旅游地的策划和规划上来说，在当今的时潮下摩梭人不开放是不可能的。问题是我们对摩梭文化的态度：我们已不能仅仅停留在为了开发旅游去装点山湖景观的规划层次上了，更重要的是，我们还要搞好摩梭文化生存环境及可持续发展的规划。否则，我们误读的就不仅仅是一首歌颂母亲的歌，而是整个摩梭民族文化。

然而，摩梭文化研究的现状和旅游开发的飞速发展，让我对摩梭文化的可持续发展持悲观态度。为记录和研究云南少数民族的文化，历史上许多学者做出了不懈的努力。不能不提到的是，在云南的民族学研究领域，我对洛克这样的学者尤其充满敬意。这一次到云南，我特别体会了骑着小青马，穿行在云南长着胡子的森林里的感觉。这使我更真切的了解了洛克研究云南少数民族的艰难和诚意。

1922年至1949年，洛克在丽江度过了27年考察生涯，成为著名的纳西学之父。他把美丽的丽江推向世界，并带出了直到现在越来越兴旺的旅游业。他酷爱丽江，1962年，当这位著名的学者在夏威夷即将离开人世时，曾经写信给一位朋友说：与其躺在夏威夷的病床上，我更愿意到丽江玉龙雪山的鲜花丛中死去。

萨义德在著名的《东方学》一书中，开篇就说，东方学是一种谋生的手段。不错，云南少数民族研究的确也是洛克谋生的手段，这从他的传记作品中不难发现。但当我来到丽江的欧鲁肯村，找到洛克简陋故居时，看到他由剑桥大学出版社出版的《中国西南古纳西王国》的巨著，已确信他不是一个仅仅为猎奇和谋生来到云南的古怪游客。他的研究有着超乎旅游之上的更为广泛的社会意义。然而，这样具有献身精神的学者现在已是稀有物种。

旅游业让公众与历史对话成为可能。但旅游业描龙画凤的解说，让纳西族、摩梭族正变成似乎专为旅游而存在的民族，这恐怕是连洛克也未想到的。我不知道还有多少人在阅读洛克的著作，但我有一种更为悲观的感觉：连洛克的追求和精神也将变成绝唱，变成一首圣歌，也正在被旅游化，正在被误译，渐渐远离他的本意，并渐渐远去。（丽江－广州 2006）

乌鲁木齐的现代化在哪里

黄叶还未落尽，但2005年乌鲁木齐的第一场雪已经飘过。所以，我们抵达时已有些冷。因为有了刀郎的歌，这次的乌鲁木齐之行总算还可以忍受。

我们看到了八楼，也看到了缓缓远去的2路公共汽车，至于二道桥街区和肖尔布拉克的酒广告，更使我于茫茫人海中见到了故友，尽管乌市本地的朋友，并不十分在意这些他们已司空见惯的东西。但这些，就是乌鲁木齐留给外来者的城市记忆。

不过我不是一个观光客，我的正式任务是一个受邀的城市与地产问题的观察家。这个使命要求我穿过刀郎富有韵味的歌声，探究这个城市的经济结构、空间结构和管理结构，探讨它的未来。

对于城市研究，我一直是卡尔·艾博特的读者，深受《大都市边疆——当代美国西部城市》的影响。一直想当然地把乌鲁木齐类比为美国西部诸如加利福尼亚州、得克萨斯州的一些城市：资源富裕、有较大的空间尺度、多民族聚集、多元化多中心的发展等；但是，这种先入为主的判断对中国的乌鲁木齐是错误的。

从理论上讲，乌鲁木齐是北京撬动中亚经济板块的支点，乌鲁木齐应该有不少同中亚经济与文化相关的建筑、组织机构和贸易平台。但我粗浅的观察，除了在一些老街区的民间贸易和乌洽会以外，并无其他明显的组织机构。而乌洽会并非一个常年的贸易展会，此际已冷清下来，据说今年的交易还在下降。分析它的功能，它主要是一个中国内地货物走向中亚的“二传手”，频繁而低成本的民间贸易可能正在取代它的地位。这同广交会对珠江三角洲产业群的拉动和重整有很大的区别。

这意味着乌鲁木齐在处理对中亚和内地的能源、贸易等支柱性产业链方面差强人意。由此，从城市功能意义上说，它不是一个世界城市，甚至还不是一个全国性城市，只能看成一个区域性城市。从这种认识出发，通过对城市贸易和地产的观察我很快发现，本地商圈的竞争十分激烈，房地产市场远为过盛，已到了用什么概念炒作，都难产生效果的时候。本地商业恶性竞争，已成为本地商家要承受的苦果，这同许多内陆省份的大城市并无二样。

从城市发展形态看，这是个因居于交通要道而形成的城市，呈南北走向。它的西边是雅玛里克山，东面是天山山脉，在两山豁口处形成这个城市聚落点。乌市以城内不到100m高的红山为中心，向南北两边展开，犹似一根拉长的“油条”。城市的土地使用强度从红山往南北两端渐次减弱，由此而表现出传统城市的特点：老城中心具有特权化的地理位置，城市用地具有等级序差，而非多中心互补。据说，因此城市用地不够，这“油条”还得拉长，乌市要同邻近的昌吉搞一体化。这就是乌市的空间结构特点。

其实，只要你在市内感受一下半小时的堵车，然后登上红山观察五分钟，就很容易明白：这个城市的根本症结在于交通问题，川流不息的车流在河滩路沟通南北方向，西大桥则沟通东西交通，这两条路使城市严重破碎化，分割成四个象限。这意味着城市通勤压力大，商业很难高度聚集，缺乏实质性的中心区域。如果把城市的“油条”再拉长，只能进一步增加交通压力，增加更多不景气的商业。所以，我强烈地感到，这个城市需要立体的交通系统，甚至地铁和轨道交通来重整城市骨架，而不是盲目扩张。

但是，这个城市的建设者们却在忙于克隆他们在中国东南沿海见到的建筑物。尽管该城市有长达6个月的寒冷日子，许多建筑物还是在使用大幅的玻璃幕墙，让我直担心建筑的能耗问题。

也有让人眼前一亮的地方。“国际大巴扎”区域的建筑物就做得非常好，非常有特点，这是乌市少有的例子。该建筑全部用小块红砖砌成，色调温暖，在冬天看一定很舒服。据说乌市的城市专家们认为，乌市的建筑基调要以灰色为主，我不明白他们是怎么得出这一结论的，他们一定没有在冬天仔细感受过

"国际大巴扎"的建筑效果。

建筑要同文脉和地脉契合，这就是地方性和场所感的来源。乌市的大尺寸是在终年积雪的天山下，有长达半年的缺乏绿意的寒冷日子，城市的建筑尽灰色，只能加重这种感觉。这就是城市的地脉，我们能不能做一些改变呢，比如可以让作为背景的住宅建筑偏向灰色，而让有组团特征的区域性高层建筑选择一些亮丽的颜色，这效果就像一片冰雪中开着一朵雪莲花一样，不是给人惊喜和愉快，更有地方特征吗？

仅仅克隆东南部城市的做法是不够的，上海、广州、深圳的建筑是那里产业与城市特征的表现。乌鲁木齐需要有表现它的特质的东西出现，从城市定位、城市经营和城市氛围上，如果不能找到自己的独特性，想通过模仿和照搬，成长为有魅力的城市，可能性很小。

乌鲁木齐在新的"十一五"规划中，要在2010年到2020年将地区生产总值翻两番，此志不可谓不大，但它通向现代化的支撑点和平台在哪里呢？实际上，我觉得，它目前进行的所谓"现代化"的许多努力，可能正在妨碍它真正的现代化，它面向未来15年的城市产业平台和城市空间架构还有待彻底整理。当然，这需要时间来证明。

刀郎的歌唱过了，就像风一样吹走了。这是中国的悲哀，什么潮流都是三五年。其实这同城市也有关系，作为城市文化的东西没有人去刻意培养。我在欧洲的萨尔茨堡旅行时感慨很深，那里是莫扎特的故乡，那里的酒店都叫莫扎特酒店，人们都乐意谈莫扎特，甚至巧克力也是莫扎特牌的。尽管莫扎特已于1791年死去，但人们不会说他们的音乐家已经过时。

好吧，请乌鲁木齐的朋友转告刀郎：不管怎样，不要因耐不住寂寞去翻唱那些老掉牙的旧歌，也不要为两个钱，去把田里青涩未熟的哈密瓜卖掉，不要跟这个城市的风气一样瞎忙。因为真正西部的味道已经不多，而这可能是乌市未来通过旅游走向世界的一个契机，请为城市留一线希望。（乌鲁木齐－广州 2005）

神农架听梆鼓记

一个宏大的旋律在黑沉凛寒的幽深山谷里响起，急促有力的鼓点敲响了，欢快青春的舞步也跳起来了。这梆鼓是奇特的，那鼓是用火烙空的竹节或树干做成，因此节奏低沉而干脆，完全缺乏装饰。这自然不能同那些华丽的音响和外间歌手的靓丽登场相比，这里是大不相同的另一种滋味：随着那些山间男女的急促舞步，我突然明白，这里只有节奏是重要的。真正的音乐其实不需太多的粉饰，只需要有明快有力的节奏和眉目传情的欢快的男女，这才是音乐内在的本质。神农架就这样让你回到欢乐的本原。

节奏和青春是原始舞蹈的两大基本要素，那梆鼓直接传递快乐

其实这只是神农架的神秘体验的一个细节。神农架本身便是一个巨大无解的神秘源。神农架没有那些名山大川的道观佛刹的外饰，也缺乏文人墨客的歌咏。她有的只是山高路远，飞鸟难渡。有的只是那些静静荣枯的高山草甸和无法解开的野人传说，凄美而寂寞的风景一路展开，没有人迹，没有名称，没有雕琢。当我走过千山万水后，我才明白其实人的附和与解说多么苍白无力。神农架以此复原了风景的本意，尽管许多人读不懂，她还是以其最顽固的方式默

神农架的秋天色彩斑斓，不知谁是那天才的规划师

默告诉人们风景的本质。

由此，我有一种关于人的感慨。世上有无数关于英雄的故事。如果粉饰过头，便成了神，缺少人气。其实真正的英雄常常是一种坚持、体悟与勇敢，做出了常人之外的举措。我们这次神农架之行的队伍让我体会了这一点。克服了寒冷、路险、高山反应、迷惘等等，在冬季封山之前对从木鱼镇到松柏、燕天垭、神农顶、南天门等陌生地名的探索，让我们为神农架规划旅游产业新的蓝图找到了理论的证据。

神农顶的高山草甸上，长满一丛丛刺猬般的箭竹

神农架是中国的“阿尔卑斯山”，历史会证明我在南天门的感悟。

在不久的未来，我们还有登上南天门、神农顶的行程安排。正如布尔斯廷在名著《美国人》里赞扬美国人的冒险精神时说的那样：“这是一个给陌生和未知的事物命名的时代。”谈笑间，我们也将让一些原始和自然的存在烙上思想的印记，这正是策划者追求的真正感觉。在如今英雄缺乏的年代，这也让人体会了英雄之举。英雄的本色，正在如此。我想，神农架未来的历史会记住我们在这里曾有过的严肃而负责任的思考。缺乏世俗的解说系统的神农架是中国最好的风景，她使你回到自然的本原，人的本质。（宜昌－广州 2005）

武夷最美是暖阳

英文里的"Bohea"意指红茶，就是武夷茶，由此可见武夷茶的有名。武夷山最有代表的是岩茶，因其生长于风化的石质土壤里，故此名。而岩茶中的极品为"大红袍"，年产仅500克不到。去年在拍卖会上，20克茶竟拍出16万元的天价，世人又称之为神茶。

这神茶自然有许多神奇的传说，据说是同明清皇帝有些渊源，曾治好了皇后的腹胀病，龙颜大悦，因之红袍加身，故名"大红袍"。而今这茶更是神秘莫名，每年春茶开采务求隆重其事，必有茶官喊茶："茶发芽"，始可采摘，可谓武夷山盛事。

我也未能免俗，在游客已稀的暮色中去了种植"大红袍"的山中，但见一茶亭建于谷中，四处看并无异样，经人指点，方知高约十米的崖上几株茶树，即是大名鼎鼎的大红袍茶树。

仔细打量，实在觉得这几株大红袍貌不惊人。但有人指点道，别看它同岩下的茶树表面上并无多大区别，但它处的地理位置决定了它的价值。它处在悬崖上，四季均有不时渗下的岩中之水滋润，这绝妙的自然环境非其他茶树可比。

我由此生出一种感慨，茶树也有一个生存定位问题。处卑下则粗贱，不时有刀砍斧削的厄运；居山崖则矜贵，人类对它护持有加，可安享长寿。不料这自然界也有了这种因自身定位而决定命运的事。

一般游人自然喝不上这高贵的茶了，只好坐在凉亭中品品小红袍，吃吃茶叶煮蛋，算是一慰游兴。我于是同守亭人闲聊起来。

守亭人告诉我，她的使命便是日夜守护神茶，不让非法之徒攀岩采茶，无论夏热冬寒，朝风暮雨，几年如一日，可谓辛苦。我由此好奇地问：你护茶有如此功劳，请问是否品尝过大红袍？

护茶人笑了：我们哪有资格喝大红袍。不过经常会有一些不认识的大人物携大红袍茶来此，这些贵宾纵论天下，笑语琅琅，豪气冲天，举杯齐眉，实在是人间的极乐享受。护茶人只有当这些大人物走后，偷偷喝一口剩茶，或吃些茶渣，算是告慰自己多年护茶之功。

理解武夷山需要世界眼光，这里不仅有儒道释，更有基督教文化；不仅有山水茶，更有亚洲最大的孑遗动植物群落

我为之戚然动容：没想到人生同茶树原是同一个道理，人生的定位多么重要，种者不得食，护者不得果；不在于自己是否辛劳，而在于自己处的位置是否恰当。

其实，各类项目策划、地产及旅游产品设计定位在市场中的命运不正同此理吗？策划人不可不慎之又慎。

武夷山是世界著名的自然与文化遗产地，每日可谓游人如织。人们漂九曲溪的竹筏，登天游峰，不亦乐乎。

那日在三姑度假区的寿山石店里，我要刻一枚寿山石的闲章，店主叫我刻一句对武夷山的印象，我便说，就刻“武夷最美是暖阳”这一句，这正是我的感受。

武夷山的冬日暖阳最令人舒坦。不难看到从早到晚坐在门前晒太阳的武夷人。甚至在一道院还见过几个老道人在阳光底下搓麻将。武夷的生活是从容而舒适的原型。

那日，我一路沐着暖阳走进了桃源洞。这壶中天地真是别有洞天。三五农人在忙着手中的活计，一二个不知来历的游人同道士低语，两三只小鸟在空中飞过。

在道院的台阶上坐下来我便不想走了。阳光毫不吝啬地抚慰，俗事均已远去。我便同道长理论起来，道长同我讲到武夷君的传说，也讲到性命双修的学问。道长学问深厚，只是对我们整日忙忙碌碌不甚理解。

他岂知城市文明的苦衷。我与他谈不通，便赖着不走，又吃了他的斋菜。还说：道士不知兴替事，又来山中种桃花。

这桃源洞半日暖阳，一通禅话却让我长了精神。我一口气由此上山登上了三仰峰，来回六个多小时，下山时已是山风浩荡，寒意阵阵，道长依然在台阶上守候。

喝过道长一道茶，我已暗下决心，下次再来同道长晒半日太阳。

大竹岚、挂墩是武夷山两个大名鼎鼎的小地方，在黄岗山区。世界遗产组织认定武夷山为“生物多样性的关键性地区”同这两个地方有着莫大的关系。

大竹岚、挂墩两地成名要追溯到明清之际。1625年，艾儒略便已来黄岗山一带传教。19世纪初的传教士们更是发现这里是生物学研究的宝库，他们采集了一批又一批的生物标本运往欧洲从事研究——也就是乡下人叫做花花草草的东西。据说现代波恩的博物馆里尚有1万多件武夷山的标本，至今尚未研究完。这些研究一再震惊世界学术界，让大竹岚、挂墩，这些小山村成为生物学研究的圣地，但是至今为止，真正明白这些外国人在干什么的中国人，少之又少，在整个武夷山我们没有遇到过。

黄岗山区的自然保护区而今已保护得很好了，但我们找到这两个小地名，想一探究竟时，却只见到几幢毫无规则地排列在山路边的山村农舍，几个农妇在暖阳下织毛衣，邻家的狗在叫，生物多样性在此是个多余的话题。

如果让中国人在研究生物多样性和晒太阳之间做出选择，我想绝大多数人都会选择晒太阳。

武夷山调查的启示是，真正的规划是脚走出来的

这就是中西文化的区别。《易经》早有言，天地运行，自有其道，春夏秋冬四季变化，自有其理。但“百姓日用而不知”，中国人讲自然而然，不必也不会去深究。

尤其在旅游景点设计中，要让我们的游客提起兴趣去研究这只蝴蝶，或那只蟾蜍的爪子，恐怕还有很远的路要走。

大竹岚和挂墩在国际上的地位和国内实地印象的反差，让人深思中西文化的差异。这也是许多游客游过武夷山后仍不知武夷山为什么这么有名的原因。我们一直在讨论全球化和与世界接轨的话题，但大竹岚和挂墩告诉我，没有历史的与现实的世界视野，我们只能空守宝山，毫无建树。（武夷山－广州 2005）

西域已不闻驼铃声

在过去的100多年里，人类最大的变化，其实是对时间和空间的突破。我们已经有了同古人完全不同的时间和空间尺度感。由于飞行的便利，我们今天走一趟古人称之为“西域”的大西北，已经完全没有那种去国怀乡、生别死离的感觉了。

然而，历史上远走西域却不是一件轻而易举的事。在过去的两千年里，骆驼这沙漠之舟，这沙漠上蠕动的河流，一直伴着人类单调乏味的旅程，只有沙漠里的驼铃声昭示着生机，缓缓地从远古走向现代。

在古代，汉使张骞两度出使西域，前后历时20余年，他自然有天荒地老的苍桑感；唐玄奘西天取经，历时17年，仅从长安走到敦煌，行程就达二个月；元代旅行家马可·波罗从故乡威尼斯出发，经古丝绸之路到达远东，其行程也历时20余载；以至于他回到故乡后口述完成的游记没人相信，在随后的2个世纪里，他一直被欧洲人称为爱吹牛的马可先生。

于近代，明万历二十三年（1595年），葡萄牙传教士鄂本笃万里迢迢来到嘉峪关，想由此进入中国传教，仅等候通关的批文就耗时23天；后终于不得其门而入，赍志殁于中国的国门口。就在20世纪初年，大名鼎鼎的欧洲冒险家斯坦因考察丝绸之路，其行程也是按月计时的，这从其著作《西域考古图记》中可以看出。

西域充满了荒漠、戈壁、酷风，是人类生理耐受力的极限考验，也是对人类心理意志的煎熬。如果站在古人的时空体验上，所有历史上对西域的咏叹就可以理解了——

“劝君更尽一杯酒，西出阳关无故人”。那声音冲淡而决然。

“羌笛何须怨杨柳，春风不度玉门关”。那吟哦是对生机的告别宣言。

“马衔边地雪，衣染异方尘”。骨子里是对中原故国的怀念。

但是，行前我翻过一叠现代游记和散文，许多现代文人乘坐着舒适的交通工具，蜻蜓点水似地在西域一行，也发出古人那种苍老沉郁的附庸风雅的叹息，就有些奇怪了。

因为旅途中的那种风沙浸面，酷热煎熬的切肤感的确早已远去了。从兰州到敦煌的行程告诉我，而今这西域沙漠里的驼铃声已然消失。我只在敦煌鸣沙山的月光之下，听过一回。骑在沉默的骆驼上，远望鸣沙山优雅的山形，安静中只有驼铃的叮当声，仿佛一种来自远古的声响。但牵骆驼的山民告诉我，这是专为游客们设计的，骆驼早已退出丝绸之路的运输线了。

所以，而今的西域之行，不可挽回地退化了。退化为看一次风景，逛一次郊野，甚至进一次戏院，读一次博物馆的行程了。的确，我的西域之行，同游一次城市博物馆的感觉并无本质的区别；这是我的真切感受。

事实上，目前广阔的西域正应看成中国文化的一个活的有生命的博物馆，它纠正了我对中国的历史的一些模糊和误读。尽管历史上许多带血带泪的感觉和细节已然隐去，在我看来已有隔世之感，但令人惊奇的是，中国历史的粗线条却像奔腾的祁连山在此顽强地呈现出来，并愈见清晰。西域最是有助于中国人通读自己的历史。

博物馆是了解历史的直接场所。我逛过北京、上海、西安、济南、武汉、长沙、成都、广州等地几乎所有的博物馆，也曾去过巴黎的凡尔赛宫和卢浮宫博物馆，走得多了，就悟出些有关博物馆的道理来。

大致的印象是，中国的博物馆的立意是纵向叙述较多，大多只讲解自己的历史，“各人自扫门前雪，不管他人瓦上霜”。五千年文明，如何辉煌灿烂，一一数来，不绝如缕。这同欧洲博物馆立意于横向比较，解说整个世界各种文明的变迁，用世界视野看历史是有些不同的。

中国式的博物馆解说的证据，主要是土地里的考古发现。看的多了，就很容易发现雷同之处：这些文物最多的用于饮食和祭祀的器皿，中国人吃的文化十分发达，古已有之；其次是冷兵器，戈矛剑刀，写满了5000年的书页；还有就是丧葬用具，各种陪葬的玩意；当然礼仪乐舞、钱币嘉量、服饰文物、建筑物件也是有的。这些大概就是古人最主要的兴奋点了。“民以食为天”、“生为逆旅，死为永归”，这些千年古训也正是这种历史特征的证明。

在中国的博物馆的游历，让我总结出看待中国历史的基本结构，这就是中国人的地域经验和基本价值观。大体上说，支撑中华文明的核心是土地，其范围变化和边界的变迁，以及农业文明的稳定和发展是永恒的主题。从王朝更替到哲学思辨，从民族性格到生活趣味，无不与此息息相关。

嘉峪关外，古人曾以一种我们难以想象的方式，依附在这土地上

尤其是地域特征最为明显。中国东部及南部是海洋划出的天然分界线，西面是青藏高原的天然屏障，北部是沙漠戈壁。沿长江黄河的区域沃野千里，风调雨顺，因此得以孕育发展丰富的农耕文化。只要这中央地域能统一，大致上就可保天下太平，歌舞升平。但比较扰人的是边界区域。西域的丝绸之路，总是带来许多陌生的面孔，东南的海路至近代也日益不靖，不时有声称远隔万里的异邦来朝。于是中国历史所有的故事，就在这中央与边界中交替做文章了。

难以破译的黄沙，难以穿越的厚墙，构成时间与历史的屏障

所以中国历史发展的这种过程，可以形象地归结为一个基本的模式：两根筷子一只碗。碗中圈定的地方是中国内陆的国土，这一南一北两根筷子是通向外部世界的通道：一条是北部西域的陆上丝绸之路，一条是南部海域的海上丝绸之路。

老实说，如果没有过去一个世纪人类对时间和空间的大幅度突破，中国历史的这个框架依然是一个超稳定的模式。因为两条通路完全可以在中央帝国的掌控之中，有了万里长城的护卫，我们大可以在吃、喝上浪费更多的时间。中国的博物馆里，看到的就是这个超稳定结构的缩影，时间的遗存在此留下厚厚的灰尘。

但这次在西域这个自然中的博物馆，我却发现了另一番深意。这是我站在嘉峪关上观望黄土垒起的长城时的念头。

眼下的嘉峪关已不闻金戈铁马的悲壮声了，早已沦落为游客们打闹的景点。远望南面的祁连山，尽管长城还倔强地绵延奔走，但高速的火车却从它最核心的地方穿透而去。

现在的沙漠行程已经转换成小时了，在酒泉到安西的路也不过区区五小时的车程。在通向敦煌的漫漫戈壁上，我原以为应是杳无人迹，但实地观察却让我大骇：沙漠里尽是筑路的工人，风力发电的风车远远地整齐排成一线，十分招眼。

不但如此，接待我们的酒泉商家，也在不断同我们讨论占领中亚和西亚的市场问题，走出西域已是他们成熟的战略……

西域这活的博物馆由此向我显示了它当下的勃勃生机。慢慢地我醒悟了，并从心底涌出一份感动。这感动是献给沙漠里开车的卡车司机、筑路的工人和在近安西的小绿洲边卖西瓜的妇人的：是你们打破了中国历史那超稳定的基本框架，把丝绸之路的通道无从退缩地伸向了不可见的天际，由此，我看见了历史前进的步伐。那些建造博物馆的先生们，那些只会从故纸堆里寻找历史陈迹的研究者应该感到惭愧了，因为他们只能听见骆驼在历史中的回响，而今天的西域已经远远地抛离了驼铃的声音。

突破了长城的边界的中国是有希望的。历史抛弃了驼铃声，是因为她要走得更远，走向这个世界可以期待的中国世纪。（敦煌 – 广州 2006）

凤凰，阿美的情歌

这是一次高难度的规划项目，不仅因为位于中国最美丽的凤凰古县城沱江边的这片地是一块绝版地，而且因为此类旅游地产在风景保护区内，各种规划限制如脚镣手铐一样套住了策划者飞扬的思维。所以，我们称之为戴镣铐的舞蹈。

最后，我们以景点设计、风情步行街和别墅酒店的综合开发方案，赢得了发展商的一致认可。古城凤凰由此将迎来打造精品旅游项目、具有参与性的新一代旅游产品的时代，古镇旅游出现突破的曙光，发展商紧锁了两年的眉头也舒展了。

在策划中，我们要设计一个具有参与性旅游特征的广场。但用什么形式却颇费思量。当时有三个方案可供选用。一是重建该地块上原有的一个火神庙，因为宗教旅游具有最多的回头客；二是建一个路易·艾黎的雕塑广场，因为新西兰著名诗人路易·艾黎正是为凤凰定位的人，他最早写到“中国的凤凰、长汀是两个最美的县城”，但凤凰没有任何路易·艾黎的痕迹，这是一件很奇怪的事；三是建一个具有当地少数民族特色的广场，这里是苗族、土家族等多民族的居住地，民族文化非常有特点，但集中表现，尤其旅游产品化，决非易事。

我们在著名的虹桥上踱来踱去，同小摊小贩们有一句没一句地闲谈，一直在寻找灵感。在小书店的摊档前，我同摊主聊起了苗族文化的趣事，不经意中随手翻到一本旧版的苗族乡土调查书籍，一张黑白的照片吸引了我。苗族八人秋千飘逸高扬，多么具有欢乐的神韵！苗族的鼓舞、上刀梯及傩戏又是多么神秘动人！

好，就是它了！八人秋千，多么奇特。我们这个休闲的广场正需要这个飞舞的精灵，就叫“秋千广场”吧，让它来表现苗族文化的风韵吧。

在我们工作的地块旁，临江的古吊脚楼群中有一个茶社，那里有个姑娘叫阿美。是她，让我们真正感受了苗族文化的魅力。因为工作关系，我们常去那里喝茶。阿美是苗家的女孩，起初同我们不熟，不想说话。她从山江镇的苗村来这里不久，眉眼间还带着山江的阳光，那是湘西的青春和山野的颜色。

熟了，我们便想听阿美唱苗歌，苗家女孩个个都是好歌手，十五六岁便成群结队去赶边边场。

月夜，沱江在静静地流，对面吊脚楼的天际线约隐约现。阿美终于小声地唱起了苗歌，那歌声有一种重复再现的旋律，反复的咏唱中有大山里的回响，但我们听不懂，叫她翻译，她译出的话都是大白话，然而我们还是为这首民歌古老的结构方式和表现手法深深震撼：

有人告诉我家里来了客人
不知道是真还是假
我急匆匆走到家门口
看到了房梁上挂着串串腊肉
哎哟，是否有人提亲来了

一个少女心底的心事在反复咏唱、旋律不绝。疑问中带着期盼与惊讶，还有一丝惶惑。我们便傻乎乎地问阿美："后来怎么样了，真的有人提亲了？"阿美笑笑说："后来，不知道。"

这就是民歌的杀手锏，把一个余音缠绕的主题留在脑海，挥之不去。尽管现在乐坛充满了无数的天王和大奖，其实在阿美的苗歌面前，都会黯然失色。这是我们在湘西的实感。如果你去湘西，没有读过沈从文《边城》中的翠翠，你不可能了解湘西。如果你踏上凤凰的土地，没有听过阿美们的苗歌，你等于没有到过湘西。（张家界－广州 2005）

三　我有所悟

旅行是一种没有终点的朝圣，细阅中国大地，是一个思想者隐秘的心灵功课。有发现的惊喜，更多的是忧虑和担心。

有时，我在白云之上，不免想起圣彼得动问基督的那句话："主啊！你要往何处去？"这，正是我想询问中国土地的话。

珠江口：季风亚洲的中央娱乐区

地理学所谓的季风亚洲，是指从巴基斯坦和阿富汗接壤处的开泊尔山口开始向东延伸，经过印度、东南亚的大部分岛屿，直到中国、朝鲜和日本。著名亚洲史家罗兹·墨菲就认为，这个区域差不多容纳了全世界一半以上的人口，是地球上最丰富多彩的地区之一。亚洲在这里的景观，截然不同于中东地区的沙漠景观和俄罗斯的寒冷地带，最明显的地域特征就是每年一度受季风的影响：春天来自于印度洋的暖流形成刮东南向的季风；冬天来自于西伯利亚方向的冷气流形成西南季风。

这个温暖潮湿的区域，高温时节与高峰降雨期几乎同步，因此历史上一直是一个高效益的农业区。但是近百年来的海洋经济大发展，在全球经济版图上形成了一个非常有趣的现象，季风亚洲正在它海拔最低的走廊上形成一个高速发展的经济带，权且称之为"季风走廊上的海洋经济新干线"。在这个经济干线上，中国南部珠江口区域，正逐渐演变为经济聚集度最高、最为发达的高地。

对亚洲这个区域的未来发展，已形成许多共识。不久前出台的《珠江三角洲地区改革发展规划纲要》，就已经认识到粤港澳一体化对中国未来经济发展的重大意义，要求在这个区域经济发展方式上大胆创新，推动珠三角转型升级，推进珠三角区域经济一体化，着力增强城市群的整体竞争能力。专家们甚至预计，到2020年珠三角都会区GDP将超过2.6万亿美元，经济规模超过纽约、东京、伦敦三大国际都会区，达到伦敦都会区的两倍。

但是分析《珠三角地区改革发展规划纲要》的具体内容，不难发现，纲要对珠江口城市群的未来发展仍然集中在产业转移和升级的指导原则方面，对珠江口整体区域未来的变化和具体发展模式语焉不详。专家们还未充分认识到，目前的珠江口正快速演变成亚洲季风走廊上的“中央娱乐区”这一重大变化。

一、季风走廊上的海洋经济新干线

在这个漫长的季风走廊上，海洋经济新干线的起点是从新加坡开始，往东北方向延伸，包括中国香港、深圳、澳门、广州、台湾、上海这些城市和韩国、日本等国家。

从2008年统计的人均GDP看，新加坡为5万美元；中国香港地区为3万美元；中国台湾地区为1.7万美元；中国澳门地区为3.6万美元；韩国为2万美元；日本为4.1万美元。而这条干线周边和腹地的其他区域经济落差就非常明显，如马来西亚人均GDP为6000美元；中国大陆为3200美元；印度为3000美元；而巴基斯坦则低至700美元。所以，季风走廊上的经济新干线的经济高地特征明显。

从区域经济的总量来说，尽管珠江口人均GDP比日本和新加坡低，但是，由于人口总量庞大，珠江口所包括的香港、澳门、深圳、珠海、广州、东莞和中山这几个城市的经济总量，毫无疑问，已经成为经济新干线中的最重要积聚板块。

在全球经济体中，以美国为龙头的美洲经济体，人均GDP高达4万～5万美元；而在欧洲体系中，西欧经济体也普遍在3万～3.5万美元之间；此外，比较引人注目的，中东区域的沙特阿拉伯也高达1.5万美元。因此，从世界经济格局上看，“亚洲海洋经济新干线”所包含的城市和区域，是亚洲同美国经济体系、欧洲经济体系和中东经济体系抗衡的东方体系。在世界未来经济发展中，具有地区领袖的举足轻重的作用。

季风走廊上的海洋经济新干线是亚洲技术和知识经济的高地。同大陆经济相比，它是明显的领导者和辐射源，是区域产业配套的龙头。海洋区域通过交通和城市连接广阔的内陆腹地，几乎所有的内陆城市都从经济上唯“新干线”

城市马首是瞻。中心向周边辐射信息和技术，而周边大陆性城市向中央提供劳动力和资源。所以毫不奇怪，在新加坡和中国香港，一个足球价格可以高达15美元，而巴基斯坦的儿童生产一个足球却只能得到3美分的报酬。这就是经济中心和边缘的关系，从产业链意义上讲，如果边缘不向中心靠拢，恐怕连3美分的利润都拿不到。所以，亚洲季风区的经济区域概念，和国界、省界的行政区划概念截然不同。它具有一种连续性和互补性。它的高地意识建构在人们对世界经济体系的深刻把握基础上。

二、港珠澳大桥缝合亚洲中央娱乐区

目前规划和立项进展顺利的港珠澳大桥是社会关注的一个热点，应该看成亚洲海洋经济新干线中格局变化的标志性事件。

港珠澳大桥是一座连接香港、珠海和澳门的跨海桥，总长29公里，估计耗资600亿左右，将成为世界上最长的大桥。大桥起于香港的大屿山，经大澳跨越珠江口后分成Y字形，一端连接珠海，一端连接澳门。

应该说，港珠澳大桥的建设是加速粤港澳经济一体化进程的重要举措。但是我们的研究表明，港珠澳大桥的建设不仅仅是珠江西岸的发展机遇，更应该从整体珠江口产业和区域发展的意义上来理解，其主要意义不在单项工程的效益，而在于重整珠江口体系，因此具有某种区域公益性。

人们对跨海大桥津津乐道时，不要忘了它会带来的高额的收费。从单项工程的意义上看，其实港珠澳大桥的建设未来的经营有许多复杂的变数。世界上许多大型的跨海工程经营情况都不理想，往往庞大的投资需要长达20年才能回本。由于汽车交通过桥需要交纳相当高的费用，消费者的承受能力如何目前还很难评估。如日本在四国和本州之间建造了两座造价极高的大桥，因为光单程票就高达50多美元，以致流量还达不到当初设计的一半。东京湾世界上最长的海底通道近10公里，也由于高达40美元的票价很少人去使用。

但是，站在整体珠江口区域未来发展的格局上看，港珠澳大桥的建设的最重要意义在于区域整合，大桥使珠江口海陆连接成一个环路，整合了四个非常具有活力的特别行政区和经济特区以及几个非常发达的大城市。这个缝合了的珠江口环线，实际上是未来经济高地的新平台。由此带来的区域联合，使得过去分散的产业可以作为一个整体看待。其中最为明显的就是旅游休闲产业，四大特区连成一个整体，将形成一个新的区域形象品牌。从休闲经济总量和旅游产品分布看，完全可以称之为“亚洲中央娱乐区”。

在地理学上珠江三角洲属热带性三角洲地区，同红河、湄公河等热带性三角洲相似。这里的特点是四季不明，三冬无雪，树木长青，田野常绿，霜不杀青。有冬季天气但无冬季气候，降雨量高达1600毫米，是非常适合发展全年性旅游的区域。

在过去30年经济发展中，这个区域主要是以发展制造业为主，进行国际贸易。由于土地的工业化，港口大发展以及海洋养殖业的不断扩张，该区域目前已面临巨大的环境和生态压力。但通过发展，该区域的主要城市香港、澳门、深圳、珠海、广州和东莞等，也已经形成了具有多元特征丰富的休闲旅游体系。

如香港的迪斯尼乐园、赛马、海洋旅游、都市购物、美食旅游，澳门的博彩业和会展服务业，广州的会展服务和城市旅游，以及深圳的主题公园、高尔夫旅游和都市旅游都发展非常快，已成为东南亚重要的旅游日的地。

目前的旅游业正成为世界第一大产业，这个产业对资源和环境有很高的要求，同时也是具有高附加值的有前途的服务产业，因此，在珠江口区域未来的发展中，我们不可忽视的是如何整合珠江流域的资源，尽量寻找可持续发展之路，这是一个非常值得探讨的问题。

港珠澳大桥的建设使得珠江口作为未来亚洲中央娱乐区的地理条件基本成型。这个区域作为未来亚洲休闲娱乐的重镇，将从产品的多样性，气候以及地点方面比新加坡、中国台湾地区和日本、韩国区域具有更大的优势。因此珠江三角洲未来发展的规划方案的一个核心点，应该是在珠江口作为亚洲中央娱乐区的整合方面做出有创意的方案，使之成为一个有价值的发展亮点。

三、亚洲中央娱乐区——珠江口区域整合的新方向

目前充分认识到珠江口将成为未来亚洲中央娱乐区这一重大意义的是美国投资军团。美国迪斯尼公园最后选址落户于香港大屿山，拉斯韦加斯的博彩业集团在澳门路凼城市新区发展星光大道计划，以及美国投资军团对横琴开发的关注，说明他们对于珠江口作为未来亚洲中央娱乐区是有比较明确的认识和部署的。目前美国投资军团也成为这个区域整合的重要获益者。而珠江三角洲改革发展规划纲要对珠江口区域作为未来旅游休闲经济的整合认识显得有些不足。

应该说珠江口的生产功能已经接近极限，环境和生态现状已不适于发展过多的制造业产业，对环境压力较大的产业布局都是应该避免的。但这些问题非单独某个城市可以解决的，必须站在区域意义上才能进行协商，必须有一个包括中国四大特区、七大城市的协商机制，这是需要一种长远的发展眼光的。

珠江口的整体整合发展规划应该把该区域作为亚洲中央娱乐区进行整体运作，港珠澳大桥建设提供了这样一项重要机遇。珠江口区域要作为一个统一的地理单元进行考虑，这主要包括从品牌运作、资源配置、空间塑造、区域协作、产品布局、旅游体系互补等旅游体系一体化方面进行规划研究。

这主要包括三个方面的工作：

第一，从未来交通格局看，我们已经有能力规划和开发一条环绕珠江口的自然和人文遗产景观海岸大道。

对于景观大道的塑造，美国具有较丰富的经验，如穿越美国中西部的66号公路就是一条重要的自然文化景观道。目前在美国国内旅游中，自驾车穿越景

观大道区就是最受欢迎的旅游产品之一。

珠江口的自然和人文遗产景观海岸大道，可以参照美国加州太平洋海岸公路进行设计建设（ Pacific Coast Highway California .USA简称 “PCH” ）。该条公路位于美国西部太平洋海岸线上，北至加拿大，南接墨西哥，拥有非常壮观的海岸景致，包括自然海洋景观、历史遗迹、名人故居和户外活动项目，是历史文化和景观旅游体系的一个大串联。

其实整个珠江口也正是这么一个拥有丰富的自然和人文遗产的区域。如香港美丽的海湾，深圳的自然海景与主题公园，广州、东莞的历史文化景观，珠海的海边滩涂湿地景观、海蚀地貌和温泉旅游，澳门的博彩旅游景观等等，都具有很重要的旅游价值。更重要的是海岸大道可以使珠江口作为未来亚洲中央娱乐区串联成一个整体，有更明确的形象和区域特征。

第二，珠江口作为整体区域，应进一步加强各城市协调。最突出的是珠海和澳门应该探索更加实质性的合作机制。

珠海和澳门土地相连，但城市功能和产业对接联系非常微弱，已经严重地影响澳门和珠海的共同发展，澳门和珠海尽管在产业上有很大的区别，但是在形态上应该是一个整体城市结构，这就是同城异制，一个城市两种制度，珠澳合作应在此意义上有深入的探索。澳门和珠海仅仅在横琴岛开发方面探索合作是不足以带动珠海经济的发展的。

澳门用地紧张，但目前各种城市配套的公共建设占用了城市大量的用地，是否可以探讨许多城市配套的功能可以与珠海合二为一、统一考虑？而澳门由于博彩业强大的吸引力，其计划中的会展经济和家庭旅游可否同珠海的旅游目的地建立更加紧密的合作，从而使得产业链向纵深发展。

城市整合应在更开阔的思路上进行。珠海的发展仅仅寄希望通过港珠澳大桥建设带来的机遇，希望通过交通格局的改变拉近和香港的联系，使得珠海的发展有一个突破性的进展，这种想法是幼稚的。港珠澳大桥未必是珠海大发展的灵丹妙药。

交通和城市的发展固然密切相关，但未必是决定性要素。如珠江东岸的惠州，就是一个同珠海相当的二线城市，它同香港和深圳之间都有便利的高速公路连接，但是这并没有使惠州表现出像深圳那样突飞猛进的城市发展，这说明香港经济的辐射远非一个交通问题可以解决的。同样东莞同香港对接，走工业化发展的路形成世界工厂，也并非完全是交通问题。因为最初东莞的发展同香港之间并不是通过陆上交通，而是通过水上交通联系的。东莞工业化的最初起点是虎门码头，最初发展的是服装业和家电走私行业。因此珠海如何在产业机制上同澳门和香港进行对接，依然是一个严峻的话题。珠海想通过交通改变毕其功于一役，是不现实的。考虑如何同澳门建立真正更密切的合作策略，恐怕是更有价值的方向。

第三，珠江口的整合关键是整体旅游品牌的形成，应该有权威平台对旅游体系一体化运作机制进行对话。

珠江口旅游的整合是有现实基础的。在旅游学上宗教旅游、博彩旅游和高尔夫旅游是属于世界公认的可重复旅游项目的三大领域。在我们称之为亚洲中央娱乐区的珠江口，这三大旅游都已形成较为鲜明的地域品牌特征，但是如何进行整体推广并形成珠江口的旅游产品竞争优势，就很有深入探讨的价值。进一步说，珠江口区域作为一个大的旅游地理单元，如何展开旅游体系的分布，以及交通组织、服务体系和竞争机制的共建，都具有重要的探讨价值，珠江口区域需要建立一个可以长期对话的沟通和协调平台。

从未来珠江三角洲的发展来说，如果亚洲中央娱乐区这个品牌得以建立，那么粤港澳可持续发展之路才有更加坚实的落脚之地。（深圳 2009）

解读东部华侨城的规划

深圳东部华侨城试营业两年时间收入35亿，入园人数达400万，堪称中国旅游景点创造的奇迹。人们多从品牌制造、营销宣传、节目安排方面去探讨成功的原因。但我觉得，东部华侨城的总体规划思路，才是成功的核心元素。其总体布局、交通安排和功能分布，无不体现了世界视野下的因地制宜、曲尽其妙的设计特点，我一直尝试着从一个参观者的角度，去理解其中的奥秘。

总体规划的难度何在

如果进行归零思维，回到东部华侨城还完全未开发的早期，手中只有一张从三洲田水库到大梅沙的地形图，你就很容易理解这个总体规划有多么棘手。

深圳东部华侨城交通图

按传统旅游规划设计的思路，照例要考虑对自然资源和人文资源的评估和有效利用。从自然资源上看，这幅地近海，但因大梅沙早已开发，故已没有海岸线可资利用；不但如此，连接近岸线的平地都没有，只有一些丘陵和小山，非常奇怪地一直向纵深发展，直伸向山里交通极为不便的三洲田水库边。

有山，但也是三类以下旅游资源，三洲田水库边还有些湿地。中国传统的规划也许会把眼光聚焦在这里：目前华东、华南、中南诸地的许多水库旅游开发不都是这样做的吗？他们会大力在湿地上做文章，在水面上做文章。但东部华侨城总体规划显然并未照此复制。因为从世界上旅游规划设计的惯例来看，湿地属应保护的范畴，不宜大规模开发，不具有很强的商业利用价值。像杭州西溪开发别墅的思路显然不是世界主流。

至于人文资源，据说三洲田和孙中山最早的起义有些关系，但似乎也没有多少历史遗存；这里大概还属于龙岗客家人的聚集地，不过和梅州、惠州等地的客家文化相比，总是小巫见大巫。

总之，除了这块地是在深圳范围、接近客源市场这一优点以外，其他基本乏善可陈：资源缺乏，交通不便，植被单一，地形复杂；在国内翻遍学者们的总体规划煌煌大著，恐怕也找不到任何这块土地使用的灵感和指引。

三个最关键的布局考虑

站在现今东部华侨城云中部落的山头，我想象自己是在这里工作的规划师。我觉得，当时规划师们的争论一定很激烈吧。我捉摸，对这幅从三洲田水库到海边的狭长天地如何利用，应该有三个最关键的问题需要妥善考虑。

第一，整个项目的中心地应该放在何处，是海边？还是三洲田水库边的纵深地带，还是地块中间某地？

如果按惯常思维，要考虑已形成的交通网，故近大梅沙海边最方便，有现成的交通干道可对接，且有海景可观；如果放在三洲田水库边，可以带动整体区域开发，但立即又会产生极大的困难，这一长距离对游客将是何等的山高水远。

第二，山峦起伏的地形如何解决交通问题？

惯常的思维也许建一个内部公路网，但要下决心这么干不容易，

用有趣的交通连接海边与纵深地带，化不利为有利

因为要破坏大面积的山林植被，且因地形狭长的原因，如果游客多，无论路多宽，都会出现瓶颈地带，如果主要依靠地面车辆交通，严重的塞车必在所难免。

第三，如何确定项目布局，各个子项目用什么结构统一起来？

这是一个功能分区的问题。眼前，只是一个又一个十分相似的小山头，植被、气候、高度各方面并无本质的区别，如何表现出旅游的趣味，赋予不同的旅游意义？这些地带如果不重新塑造，顶多是一个又一个郊野公园的观景点，如果引入新项目，又如何在崇山峻岭中，恰如其分地把它们串成一个整体？

这三大问题，对东部华侨城发展生死攸关。我想，当时这已成为一个绝妙的时机，它将考验规划师的想象力、视野和稔熟的技巧，尤其对旅游的深切感悟。

破解这道难题的，一定是一位九段高手。法国人曾经在一次悬赏解决一道数学难题时，收到了一封来自英国的匿名的漂亮答卷，但他们从字迹中看到了那是大师牛顿的笔迹。于是法国人倒吸了一口凉气，感叹道：我们看到了狮子的影子。

毫无夸张地说，解决东部华侨城总体规划诸多问题的人，就是当今中国旅游界的牛顿式人物。

旅游超市模式浮出中国

此情此景提示人们，东部华侨城的开发模式，显然不可能是如锦锈中华、世界之窗的那种完全人造的主题公园模式；也不可能完全利用自然资源，做成一个类似黄石公园的自然开发模式。它的开发模式必定是商业化的、追求高利润的，但又需要介于主题公园和自然开发模式之间的。即以自然为背景，以人工构筑为主题的一种混合开发模式。

我还在几年前游览马来西亚柔佛州的一个叫A’Formosa的旅游目的地时，

就已经感受到，这种东南亚其实早已存在的旅游开发模式，就是我们称之为旅游超市模式的手法。

同东部华侨城一样，A’Formosa也是以地点命名。因为它包罗万象，已无法用一个特色鲜明的名词表达清楚。那里做了一个西部小镇概念，有日夜不同时段都有演出，也有动物园和度假宾馆、高尔夫球场。更重要的是，在整个旅游区外围，项目占最大份量的投资是度假别墅——都是卖给新加坡人和马来西亚富人们的。旅游加地产，这就是旅游超市的盈利模式。

东部华侨城的规划思路显然正是这个思路。在用地两翼造的海景大宅——天麓别墅，目前已卖到10万元／平方米就是明证；华侨城在北京、上海、成都的旅游项目，其实都在重复使用这一模式。不但如此，深圳华强集团在芜湖、长株潭区域的新项目，也是在实践这一模式。

如果有了这一世界性视野，再加上对旅游的体悟，东部华侨城的规划就变得可以理解了。规划师一定会在心中形成几条主导原则：

一、把整体项目中心点放在最深的三洲田水库边，因为规划要考虑整个区域的协调和共同发展。

二、把地块的中央部分用交通和景点连接起来，让旅游旺盛的人气占领它，把两边可以看见海景的山脊留下来开发房产别墅。

三、在人力不够的地方大量使用科技力量，不能被原始、自然的说法给束缚了。让地面交通作为辅助，要把漫长的旅行距离从劣势变成优势，上天入地制造有趣的交通方式，吊车、缆车、火车交通不断更换，让游客在交通变换中酝酿兴奋。

四、利用山谷、山顶、湖边做几个异国情调的小镇节点。这里可以容纳消费，安排诸多节目，让游客有足够多消磨时间的地方；异国情调是一种“舞台真实”，具有场景转换的重要价值，问题是投资庞大，需下狠劲去投资，这是大资本的优势。

五、如果游客还不够兴奋，就需要经营性策划入场了。定点举行的大游行，声光电俱全的演出和名目繁多的节日，一定会让你眼花缭乱。

这就出现了整个东部华侨城旅游景点的整体结构：繁多有趣的交通，红酒小镇、茵特拉根小镇、天麓大宅、高尔夫球场、天禅演出如此等等，如同一个琳琅满目的旅游超级市场。

华侨城的成功给中国旅游业最重要的启示在于：旅游业是一种现代新型的工业投资方式，可以像引进生产线一样引进技术，为人们制造出欢乐和旅游感觉。欢乐作为一种公众产品，生产过程必须有科技含量，有资本和可靠的营利模式；以前那种小家小户圈起一个地方搞旅游的方式太落伍了。大资本的操作方式俯视业界，挟风裹雨，奇迹属于他们。

法国人说，度假休闲是一种人权。现在中国富裕的老百姓也明白了，周末总要找个地方放松，不想呆在家里，这就是经济发展后的旅游市场变化。这也是旅游超市性的目的地产生的社会原因。正如一个城市里有许多超市一样，一个超市总是服务于一定范围内的有效人群，旅游超市也是如此。未必需要唯一的主旨鲜明的定位词，也未必一定要原真的自然独特性，有正确的选点和差异化的定位，完整齐备的“欢乐制造”景点和设备，旅游超市就可以为一定范围的人群提供休闲服务。

旅游其实是一种极为平常的消费品，设计者从城市超市的选点、铺货和营销中就可以找到参照系。旅游者有时需要的只是与日常生活异样的空间，别具一样的消磨时间的方式，能够把平常的烦恼忘掉，并不需要在旅游中寻找伟大的教育意义。

东部华侨城的规划设计师，把这个原初极其简单的法则洒向崇山峻岭，一时景象缤纷，霞光万丈。许多从内地来的游客和投资者在离开时，总在心中沉吟：哦，这就是中国未来的旅游。（深圳 2009）

本土秘史与乡村旅游问题

我一直在探索和比较中国的乡村景观与法国的乡村景观问题。乘飞机旅行给了我从空中观察这两种不同景观的机会。

飞机在杭州萧山机场降落时，你大概可以从空中看到典型的江浙乡村景观。许多人可能会看到那些戴有一个奇怪尖顶的乡村小楼，惊叹江浙乡村的富裕。但我更在意整体乡村的空间格局。

大体上说，江浙的乡村，是由一系列分割成大小不等的农田区块构成的。在农田的周围和河流与道路边，是一排又一排的找不到头绪的农舍。那农田就像一个大的饭桌，四周的小楼就是围着这大饭桌的食客，世世代代的农民就指靠这饭桌似的农田，提供稻米果蔬，以绵延没有尽头的婚丧嫁娶。田少人多，这些彻底被人工改造的土地，其实也是一条古老的生产流水线，从景观上根本看不到多少乡村野地的原始和苍凉。对于要立志涉足中国乡村旅游规划的许多专家来说，这无异于一场梦魇。

但如果你从巴黎的戴高乐机场降落，就有机会看到另一幅不同的景象，那里也是大片大片的农田，但几种不同的农作物种植区形成不同的色块，铺展和镶嵌在大地上，形成一幅震撼性的大地艺术图景。农舍在田野某处形成一个聚落点，像一片彩色海洋上的安全岛屿。那是巴黎郊区另一个不太为人提及的巨大背景。

法国通过乡村景观改造的田野，形成巨大的对比色块

这些年，我一直想弄清楚法国乡村旅游的奥秘，我渴望真正摸摸法国的泥

Notre-Dame de Senanque Abbey 修道院的薰衣草田

土。那些以夸张的声音介绍城市建筑，却脚不沾土地的导游，已经无法满足我的这种渴望。因此，年初我便只身潜入法国，带着一肚子对法国乡村的疑惑与好奇。

那天，地中海阳光明媚，刮大风，在风中行走都很困难。我听从了一位在马赛相遇的法国老头的建议，执意要去一个离戛纳不远的小镇格拉斯（Grasse）。据老人介绍，这小镇是法国香水的摇篮，乡村园艺也很出名。道路两旁的金合欢树，在开花季节竟也能成为旅游一景。

在格拉斯镇上，不管出租车司机觉得我的行为多么怪异难解，我还是执意要他带我直奔农田。很庆幸我一贯的固执和不通融的性格，使我今天可以平静地坐在这里告诉你，我不仅亲手摸到了法国乡村的泥土，而且对一个废弃的修道院的山丘地形地貌和植物进行了详细的考察。

我觉得我摸到了法国乡村温柔的心脏，感受到了那心跳。在酷风中审视那些并不肥沃的土地时，我一霎那间明白了法国乡村景观产生的核心原因：地中海气候。多风少雨，阳光充沛，这里只有生命力最顽强的野草和灌木较易生长，农作物则更适宜种小麦而不是水稻，山坡更适宜养牛和羊。阳光灿烂，所以这里玫瑰花长得特别好。当地人更告诉我，广受世界旅游者追捧的薰衣草，就是这里一种本土适宜生长的小灌木。这一带因为传统养牛，原来牛皮制革技术很发达，但制革过程中有一种腐烂味道；当地人不得已种植薰衣草掩盖臭味，后来竟发展为一种旅游产品。我发现，原来法国的乡村旅游，都是从这些极普通的当地元素出发，通过精巧的设计变形发展出来的。

从学界的视角看，当然学者们已进行了很多“乡村遗产”之类的讨论，但现在看来，许多讨论显得不着边际。后来我还对法国著名作家加缪的故乡吕贝龙（Luberon）进行了考察，据说《普罗旺斯的一年》的作者彼得·梅尔写的就是在这里的生活，不过我无心追踪他们的足迹。尤其是对Notre-Dame de Senanque Abbey 那家著名修道院山下那片美丽的薰衣草田的考察，使我基本形成了法国农村景观改造对乡村遗产处理的三点结论。

法国乡村遗产旅游化的成功，首先在于对乡村空间结构的巧妙利用。小镇布局、田野景观、山间道路，无不在层次、尺寸上进行了设计，乡村环境在确保原真性和自然协调的前提下，总有一系列绝妙的视点产生震撼性穿越体验。法国人最清楚，原野也是一种已经稀缺的旅游资源。

普罗旺斯大片的向日葵景观

其次，将本土历史和旅游结合，使之时尚化、世界化。一草一木，一个历史人物和一幢建筑，都因为美丽的风景而赋予特别的意义。当这种意义给人们当下生活以启迪时，便变成了时尚。薰衣草、向日葵、玫瑰等均隐含着一种对美好生活的暗示。本土秘史通过旅游吸引物得以传播，可以变成一种显学。

阿维尼翁的火车站外摈弃呆板的行道树种植方法，用树林围合成许多休闲空间

再者，法国乡村向人们推崇一种宁静的生活方式。乡村生活不一定是落后、闭塞的表现，更是心灵的安息之处。远山的修道院开着美丽芬芳的花朵，山居的宁静中隐含着人生的淡定和从容。

这就是我在法国的乡村最重要的体验。

当然，中国的乡村旅游不可能去复制法国的模式。中国多雨的江南林深草杂，在人口众多的压力下，必须种植高产的水稻。为了水田保持那一层薄薄的水面，水田必定切割成小块，而水渠也必须四通八达。这样基本的农田格局已决定我们不可能复制法国的乡村。

但法国的经验让我学会了处理乡村旅游规划的思维方向：巧妙利用空间布局，挖掘本土秘史的深意，营造乡村生活理想模式。

是的，我就是带着这些想法，走入了浙北一个鲜为人知的山区的。在这个名叫二界岭乡的81平方公里的地方，那些年轻而视野宽广的领导人，而今也察觉到了有相当好生态环境的乡村，在未来中国休闲市场中有发展空间。

站在二界岭乡那条还鲜为人知的古道上时，我已经在内心深处决定同那些学院派的教授们分道扬镳了。让那些拿着《旅游资源详细调查表》之类的教授们，到处用苛评的眼光去给每一处景观打分去吧，我们要走另一条路。

旅游吸引物不仅仅是那些已有的已经成型的所谓人文和自然素材，更在于人们通过规划改造可以创新，可以用人工的方式创造的现有素材。乡村环境和农业种植，作为人类最大的手工构造形态，其实通过适当的规划转换和景观改造，本身就是有生命力的旅游吸引物。

这就是我们在二界岭乡探讨土地格局、种植体系和本土秘史等问题的原因。我们不仅找到了那条宋元大军行进，太平天国打马走过的古道，而且在古道边找到了“果圣”韩彦直的墓地以及二郎山传说之类的本土秘史，并以此作为瞭望未来创新性乡村旅游的基点。

已经有人在嘲笑我们，说我们是中国乡村改造的空想家和幻想主义者了，对此我无言以对。只能告诉你一个我在山地考察看到的现象，这是一个属于混沌模式的有趣起点：大家当然知道，清澈美丽的大河是由山上的小溪汇集而成的，但当暴雨还未形成小溪时，起初只是山坡上一些夹杂着泥土的浑黄的激流。

但你未必知道，激流的使命不在于清澈可人，而在于探索前进的方向，冲决发展的通道。中国未来乡村旅游发展之路也必如此。（杭州－深圳 2008）

中国的海岸线是第二条长城吗

我们中国人利用海洋的方式，同我们种田的方式十分相似。我无数次坐船从蛇口去澳门的内港，但一路所见的海洋景观让人十分失望。

面对海洋带来的兴奋与博大感很快就会消失，珠江口的海水缺乏碧蓝清澈的底色。沿着海岸线观察，你会发现人们讨生活的各种设施，沿途密密麻麻布满海面的养殖场，一排排不知道永远养不大的是生蚝还是海胆；耐心十足的小渔船在近海围捕，发誓要捞起混浊的海水中，最后一条指甲大的小鱼。

人们用种田的方式分割了海面，就像大陆的田野一样，那里的景观是次要的，首先是它能生产多少填饱肚子的东西。所以我对那些声称澳门可以搞海洋旅游的所谓专家们投去一种箧视：你以为澳门混浊的海面是悉尼吗？

人们理海的方式大致如此，便难怪中国所谓的滨海城市并不漂亮了。广州、上海、天津、深圳与其说是临海城市，不如说是内陆城市搬到了近海。因为这些城市永远没有真正的海洋气息，不要说像意大利的威尼斯、葡萄牙的里斯本，澳大利亚的悉尼，新西兰的奥克兰，就是中国香港的维多利亚港的美景，在中国大陆的海岸线，一概是见不到的。看不到碧蓝遥远的海域，也没有海鸥点点、白帆片片，更见不到悠闲快乐的市民，沐浴在海风中无所事事。

我想，这首先是城市选址的特点造成的。中国的临海大城市，首先要考虑同内陆入海的江河有密切的联系，它首先是内河的卸货码头，其次才是出海的通道。这是较早期中国濒海城市选点的特征。深圳尽管是新的城市，但其城市规划的思路却一样老掉牙：这个城市把中心区选在福田，追求在地理上的中心位置，而不是像世界真正的海洋城市，城市中心会在临海的近端高地。所以依然是大陆式唯我独尊的思维，要左右护持，前有望、后有靠，由此也消解了深圳大部分的海洋特色，同临近的香港城市风格根本无法匹配。

有时人们心理上的长城顽固而隐秘，这就是人们狭窄的基本价值观

由此我发现中国的海岸线，是中国的第二条长城。明白这点，需要多年的观察和比较。长城在北，它主要的作用不是防御外敌来犯，而是防止内陆的人走出去，它首先是心理的防线；中国的海岸线同样也界定了中国式的思维；它对几百年以来的外来者没有多少防御作用，而主要是防止我们走出去。所以，我们在海岸线观察到的只是失望：人们用伺弄土地的方式去打理海洋，我们与海洋国家的思维的差异依然巨大，我们没有从海洋文化中学到什么有价值的东西，我们依然用大陆思维处理海洋。

最突出的例子在海南岛。海口和三亚的城市无可救药地是大陆城市的翻版，这当然已无可挽回。最令人担心的是那些未开发的天生丽质的海湾，如海棠湾、香水湾、清水湾等，那已经是中国漫长的海岸线中，唯一有希望真正建成世界旅游目的地的地方。形势并不乐观，人们在资本的簇拥下，用城市种房子的思维在那里谋划所谓的旅游地产，当海岸边布满富人们洋洋得意的建筑垃圾时，中国的第二条长城便真正建成了。

海洋对我们来说，依然还是陌生的命题。我们骨子里，还是带着大陆思维和一点点对海的好奇，希望在此做一个愉快的观望者，建造一个又一个叶公好龙的新版故事。心理上，我们已越不过这条边际清晰的长城。（三亚－深圳 2008）

中国式休闲方式与乡村旅游规划

金融海啸当前，我最关心的问题是，这危机会对中国休闲旅游市场有什么影响？我在成都、北京、天津、长沙等地同各色人等探讨，其结论是，没有什么明显的影响。

有什么影响？休闲就是搓麻将。经济形势好，就打大点，形势不好，就打小点。有一个精于此道的朋友这样回答：你们旅游专家不是提倡互动旅游休闲吗，麻将就是。我们单位也经常组织出去旅游，不过那也是换个城市，换个宾馆继续打麻将。

这话是说笑，却也有几分真实。我当然知道，麻将是中国的国粹。当年渡江战役就要打响，蒋介石还要在前线同守军搓一圈，有电影为证。我的印象，闲也麻将，忙也麻将，消遣之道好像全国如此。在长沙住在宾馆里，总能听到麻将声，四川则更甚，成都郊区的三圣花乡，实际就是一大麻将场；成都另有一处著名的休闲地，则是沿一条溪沟一路支着太阳伞，下面全是麻将桌。

这几年，我们经常涉足中国乡村旅游规划问题。未来的中国乡村如何休闲和消遣？这是我们不能不回答的问题。我们想知道，什么是真正有生命力的中国式休闲方式，如何进行创新和改造？麻将问题就这样闯入了我们的视野。

作为对照，我分别观察了四人一组的搓麻将活动，和同样是四人一组的打高尔夫活动。结果得出了中国式休闲方式的许多有趣结论。

搓麻将的四人组在一间普通住宅的书房进行，大约半斤茶叶、两壶开水的消耗，输赢在五百元之间，历时约5小时；其间有说有笑，不断高潮迭起，结束时大家意犹未尽，相约再战。估计占有的消费场所为一间18平方米的房间，人均不到5平方米，且属兼用。

打高尔夫的四人组在深圳某球场进行，人均消费为750元（包括球童小费），历时也为5小时左右。期间动用球童4名，球车2台。活动区域在70000平方米的丘陵地。其间自然也是高潮不断，充满了竞争场所的悔恨和快意，大家度过了一个愉快的午后。

如果我们把麻将看成是中国式休闲方式的代表，而高尔夫运动看成是美国式休闲模式的典型；通过以上的观察对比，两者的差异立现。

中国式休闲方式是基于极度节约的原则建立起来的，这是中国人生活特点的反映，这种休闲方式意味着对资源和场所的尽量少的占有，可重复性，以及追求变化多端的不确定性带来的愉悦与挑战。进一步通过网络调查，我发现实际上中国人热衷的休闲方式，都是基于这些原则设计的。中国人喜爱的运动还有如打扑克、下棋、书法、饮茶、逛街、饮酒、闲聊、乒乓球、散步、气功等，无不是以节约场地为第一原则，以精神性消遣为主要特征的。

中国地少人多，大量的土地都需要用于生产性用途，因此，长期以来形成了中国特色的休闲方式，这种特点恐怕短期内不会改变吧。

与此截然不同的是，美国式的西方休闲方式是以大量占有土地和空间，大量占有资源为前提的。中国只有300个高尔夫球场，而美国有20000多个高尔夫球场，这种对土地的使用方式，是中国人不可想象的。同样从网络调查可知，美国人热衷的这类休闲娱乐方式，还包括打猎、骑马、滑雪、滑翔、赛车等，这些活动对土地资源的使用之大，是中国普通老百姓望尘莫及的。

从休闲方式对资源的使用分析，估计一个美国人对资源的占有量大约为一个中国人的10倍以上。如果以中国人对资源的消费标准，美国的实际资源消费人口应该至少为15亿以上，而并不是区区统计数据中的3亿。所以有时我不免哀叹，中国人过的是如何可怜的生活！

但事物总有两个方面，金融海啸不可避免要打击美国休闲产业，因为大量资源占有的休闲方式需要高成本的维护系统。但中国人的休闲产业成本极低，由此具有了超强的生命力。

从事规划与策划工作多年，我得到的最重要经验是，必须根据目标人群真实的需求和现实条件设计空间和项目内容。这一条说来容易做到极难。因为要摸清人们真实的生活模式的来龙去脉，都不是一件容易的事。正如以上提及的对休闲方式的理解，就需要一种地理与历史的视野。

说回中国的乡村旅游规划，通过研究中国式休闲模式的特征，我觉得中国乡村旅游和休闲，在很长时期依然应该坚持走资源节约的路。中国的土地要负载太多的人口，因此其生产功能是压倒一切的。所以我们现在在乡村旅游设计中，探索了设计乡村会所的方式，希望把乡村变成一个可爱的旅游目的地。这应该是一种既节约土地，又提升乡村旅游服务水准的可行方式。

同时我们还发现，中国乡村旅游规划最有可为的地方是对环境的改造；其实动人的乡村风景本身就是重要的旅游吸引物，这点我们可以向美英法学习。阡陌交通、乡村田舍、植被河流，本身通过一定形式的规划整理，就可以既具有原来的生产功能，又是重要的旅游资源。规划如画的中国乡村风景，正是我们一直努力的梦想。（成都－深圳 2008）

咸亨酒店与旅游设计

对于像中国这样历史悠久的国度来说，在新旅游项目设计中，最具挑战性的问题是，把历史传说、人物故事、民俗风情等物质性遗存缺乏，只有一个说法的人文主题旅游产品化。

较真的历史学家和注重市场经济的投资家一直是势均力敌的两方：从三国遗存到明清市井类项目，已不乏许多针锋相对的争论。简言之，正统的历史学家一般认为，旅游业基本上是一个篡改历史的行业；而市场投资家则认为，只要游者接受，戏说历史也是传承历史的一种方式。这两种看法，都曾经影响我的旅游设计思路，有时让人非常困惑。

最近我们对浙江旅游的考察给我提供了理解这一问题的新材料。回想对浙江省内几个著名景区的考察，我耳边常常响起科林伍德的名言：一切历史都是当代史。可以说，旅游业处理历史主题的方法，是这个著名论断的最好注解。因为旅游作为一种具有强大社会影响的行业，本身就是历史的诠释者与再创造者。

第一个孔乙己

举绍兴为例。旅游者莫不慕鲁迅之名，以游其故居为乐。鲁迅的小说《孔乙己》在中国可谓家喻户晓。因此，人们莫不寻找咸亨酒店，想尝尝茴香豆的滋味。我们自然也不能免俗，随着人流去寻找孔乙己的踪影，看三味书屋、百草园。

果然，在去鲁迅故居的步行街口，尽管人头攒动，我们还是很快找到了看似颇有些陈旧的咸亨酒店，店门口的孔乙己雕像暗示，这里正是那个旧时代可怜的书生，摇头晃脑喃喃道："多乎哉，不多也"的地方了。店里三三二二围桌而坐，嚼着茴香豆，喝着绍兴酒的青年们，大概也正沉醉在这历史的遗韵中吧。

但有趣的是，只要沿着步行街再往里走一段，就会发现，街上竟还有第二家、第三家"咸亨酒店"，招牌大致相同，正门口也有孔乙己的相同雕像，只不过有的叫"阁"，有的叫"楼"，真看得人瞠目结舌。我身边的一对老年游客发现这一奇观，哈哈一阵笑语，摇头走过去。我立即站在街边观察人们的反应。但那些匆忙走过的游客，似乎并不十分在意这个旅游地明显的"穿帮"设计，只是漫不经心地直奔其他景点而已。

这引起我的好奇。回到深圳在接下来几日，我从自家书架上，翻出了布满灰尘的《鲁迅全集》。找出小说《孔乙己》来研究这咸亨酒店的奥秘。

从鲁迅写作的一贯风格来看，我疑心这"咸亨酒店"根本是子虚乌有，是不存在的。因为鲁迅小说中指人、指事和地点全用了假名，也就是他说的"曲笔"。如小说中从未出现"绍兴"二字，而是用"S镇"、"鲁镇"，孔乙己也是从描红中"上大人，孔乙己"中取出，还有如用"夏瑜"代"秋瑾"等，无一例外，全是假托。因此，"咸亨酒店"想必也是假名，没有理由通篇小说中，唯此酒店用真名。至于网络上说，咸亨酒店草创于鲁迅的堂叔，更是没有旁证、无从稽考。

但目前咸亨酒店是绍兴鲁迅故居整个旅游街区的核心景点之一，游客们每天都在那里品尝茴香豆，同孔乙己雕像照相，为绍兴的旅游业做贡献。好像并没有哪位游客有闲功夫去从历史材料去较真考证。

这个有趣的例子证明了旅游设计的一个重要原则：游客们相信他们愿意相信的东西。只要这种景点有历史文脉的支持，并能再现历史环境，游客有可能宁可相信用旅游表演出来的"历史"，反而忽略那些真正的"历史"。

这就是旅游社会学中反复讨论的"舞台真实"性问题。承认旅游的这一功能特点，对传统的历史学家可能有些不恭。因为从本质上说，游客是用自己的金钱购买“有趣的经历”，由此，旅游景点便具有所有市场上产品的特征，它首先必须有趣，满足购买者期待的景点体验。旅游景点也由此具有很强的表演性。旅游设计不能仅停留在出售历史的真实文本这种理解上，必须根据环境、文脉和资源进行再创造。大真实中的小虚构往往能被游客接受。

他们是亲兄弟吗

《史记》中的三皇五帝的传说你未必相信，但司马迁是真实的；咸亨酒店你有些疑惑，但鲁迅却不容怀疑。旅游景点的真实性可以通过联想、追加和阐述不断丰富。

通过旅游业的创造，“咸亨酒店”从小说变成现实，是符合旅游设计营造“舞台真实”性的，尽管一条街上冒出好几家同样的酒店的确有些过分。不过，这大概也是旅游主题稀缺造成的通病——我曾在莫扎特的故乡萨尔茨堡发现，通街的宾馆均叫“莫扎特宾馆”。

应该公开承认和深入探讨旅游景点的“舞台真实”设计规则，这才是中国旅游设计业真正应该争论的核心问题。因为这是旅游业合情合理地解说历史，适应市场要求，产生强大利润的源泉。中国理论界的沉默和市场的蛮干会使旅游设计在低层次上重复。理解历史的神韵，并通过恰当的旅游方式表现出来，才是我们真正应该关注的焦点。

浙江的杭州西湖景区、千岛湖景区、东阳横店影视城等不乏创意，许多探索堪称走在全国前列，恐怕同他们较为大胆、创新的思维密切相关吧。（杭州－深圳 2009）

成都休闲产业的“三加六模式”

我在成都郊区的东山休闲大道——华大籍路上，参观了一家地道的农家乐。这里竹林茂盛，环境很休闲。迎面一片欢声笑语，角角落落里都是搓麻将、摆龙门阵、打扑克、喝茶的人，生意好得令人难以置信。

在农家乐一个不太显眼的仓库角房，我发现了这里每天要采购的物品清单：各种菜肴、酒类自然都有，主要易耗品则包括瓜子、黄豆、茶叶、扑克等，其中在瓜子下面特别加注说明要几种。这个采购清单使我立即茅塞顿开，仿佛门捷列夫发现了元素周期表。

是瓜子这个词提醒了我。

我不知道西方人是否磕瓜子。但不可否定，磕瓜子绝对是中国的国粹。千百年来，瓜子对中国文化的贡献功莫大焉，一杯茶，一斤瓜子，足够消磨几个人一个晚上，在东家长西家短、谈古论今中时间会不知不觉中消失，世界上要少了多少争斗，中国人的性格大概也由此练成了。

在成都呆久了，我尤其疑心，瓜子这一伟大的发明，应该是四川人的功劳。不知三星堆和金沙遗址中是否有瓜子？反正成都目前的休闲场所，大多会有炒瓜子、炒黄豆之类。我有时想，成都真应该搞一个瓜子博物馆什么的。

农家乐里的那个采购清单，其实就是成都休闲业的基本元素构成表。据我的观察，成都的休闲产业应该是“三加六模式”：三大核心元素加六大基本元素。这三大核心元素是宜人的气候、成都美女、成都美食，基本元素则是麻将、扑克、瓜子、黄豆、茶叶、白开水。在成都的各茶楼歌厅，三圣花乡这些著名的休闲场所，你可以验证我的理论。这个模式是中国国情的具体体现：节约成本、节约土地资源、各取所需、可持续发展。按成都话评价：巴适得很。

我翻遍了《旅游资源详细调查实用指南》之类的伟大著作，按旅游休闲自然资源和人文资源8大类、31亚类、155个基本类型一一进行了对比，好像以上“三加六模式”中的一大堆杂碎，根本都没有。看来皓首穷经的学究们是不屑于磕瓜子、搓麻将的。

这真是令人苦恼，按这种权威的分类法，成都根本就没有什么像样的旅游休闲资源，但是，事实上成都绝对是中国最重要的休闲大市场。现实在一再提醒我们，用景观旅游的固定模式看待中国未来的旅游和休闲发展，真的是捉襟见肘、穷途末路了。

我一直坚信，现代休闲旅游最根本的模式是营造一种宜人的空间、有吸引力的生活方式，而不是什么新奇怪异、博得一时轰动的景点，这大概是成都模式成功的最重要启发。在国外，英国的著名湖区温德米尔、美国的蒙大拿、法国的普罗旺斯应该就是这种典型旅游休闲目的地。这也是我们现在正在进行旅游设计所探索的方向。

成都因为这个特点，并不适合匆匆来去的人们。据一位在春熙路和宽窄巷子打望过成都美女的人士评价，成都被称为“一座来了就不想离开的城市”是很有些道理的。因为在歌厅之类的地方见到的所谓美女多是四川乡下来的，总有点像《潜伏》中的翠平，会让你的成都之行如画饼充饥，不胜遗憾。要想结识左兰那样的梦中情人，你得在成都住下来，一圈圈地码长城，一杯又一杯地品碧潭飘雪，总会有一天有人敲门。（成都－深圳 2009）

广州黄埔城市形象策划的思考

现在全国城市多在搞城市经营的策划，这值得我们思考。到底像黄埔这样的地方该不该搞形象定位策划？这是一个有争议的问题。按城市学研究理论来说，如美国著名学者施坚雅的工作，他做了中国历史上城市区域经济变化的研究，他认为中国最大的麻烦就是把行政区划和区域经济混为一谈，城市经济的发展更大意义上是一种地理区域概念，而不是行政区划概念，中国现代政制往往将两者混为一谈。如他对宁波的研究，宁波不仅仅是政府现在定的一个行政区，更重要的是，宁波经济区域是从出海口到钱塘江这一大片的地方，都是宁波的经济腹地。这样研究城市经济问题，就有一个问题出现了，黄埔区该不该做这种研究，有没有资格做这种研究，值得思考。因为黄埔区从经济区域上讲它同南沙、番禺是一个区域。从广州城市发展的意义上讲，硬要为黄埔做一个形象定位，从理论上就特别难，这就造成研究框架的混乱。由此不难看出，那种村村定位，镇镇搞城市经营的跟风做法是幼稚可笑的。

但另一方面，城市学的研究是学术工作，作为一届政府来说，他不仅仅是要作学术选择，还要作政治选择。政治选择是不讨论过多的理论问题的，而是一种选择机制。我们要明白，经济学原理并不能必然地推导出政府的经济政策，就是这个原因。在古希腊的政治研究中，人们认为政治选择有“药”的性质，一方面它可以治病，另一方面它可能有毒。所以作为政治人物来说，重要的问题就是作出一种政治选择，说到底，这个定位研究的命题我们还得做。中国所有城市行政区划都在做，所以我们不能不做，这个叫政治选择，而不是学术选择，我们要分清楚这个问题。

既然有必要做，在这种行政框架下，又与学术规范不统一，我们该怎么来做？根据我们的策划经验，像这种形象定位研究，首先就是解决一个“引导”

的问题：引导社会、引导市场、确认自我。因为是一种政治选择，就是引导社会资源的流向。但这种决策还得建立在把握城市运营或是城市发展的方向与规律的基础上。

对黄埔区来说，第一，是要明白，黄埔是属于广州整个城市发展框架覆盖之下的，黄埔是小齿轮，广州整个城市发展是大齿轮，小齿轮必须跟着大齿轮转，所以要理清黄埔与广州整个城市发展框架的关系。这样才能有效地引导舆论，在与其他区域的博弈关系中占有先机，甚至引导广州市的未来的城市发展规划，抢夺更多的资源。

广州这个城市，无论现在发展有多么迅速，大家都明白，无非就是一个第三世界非常嘈杂的城市。经济发展快，但城市结构有问题。在城市发展理论研究中，有一个城市指状生长理论，世界上城市发展基本上符合这种一个模型，即城市最初是由一个点发展开来的，就像一滴墨汁滴在纸上，会向周边泛开，然后沿交通线出现指状生长，根据周边的资源利用情况会出现一些飞地，飞地的出现同交通、河流，或者是矿产资源的分布、利用有关。黄埔就是历史上老广州城区的一个飞地，它有通海口岸资源。随着城市不断发展，城区会越来越大，当纵向发展成本高于横向发展的时候，就会进行融合。受开发成本的制约，城市总是在纵横两个方向上发展，这就是城市发展的结构。

广州城市的发展历史正是在珠江和白云山之间不断填空的历史，这就形成了一个结构。广州最早的连线在沙面、荔湾向白云山这一带，大家知道，16世纪葡萄牙人最早进入中国，商船就是从黄埔进来的，到了白鹅潭，结果没有人知道这些声称的佛朗机国是什么人，广州当局只好把他们安置在光孝塔附近，这是400多年前的事了。尤其在1841年鸦片战争以后，这个城市慢慢向荔湾方向转移。到解放以后，尤其是改革开放以后，这个连线进一步发展就变成了向东山区，再发展就往天河，连线一直往东边移。

广州城市由于不想突破白云山和珠江的结构限制，腹地越来越小，没有路可走了，就架高架桥，原来很美的广州城，就因为架了高架桥，被真正全部塞满了。就变得嘈杂不堪，文化味道都消失了，成了第三世界典型的嘈杂的城市，有一个朋友形象的比喻，到广州不是晕车，而是晕人。

广州的城市规划有很多问题，最大的问题是交通规划造成的结构性失误。意大利的那不勒斯位于山海之间，同广州很像，其交通处理就很高明，其过境的车辆不会干扰城市的安宁，该城市把过境高速公路建在城市地下。其实目前广州城市规划还在犹豫探索。现在讲东进西连，实际上还是老的城市发展模型——摊大饼。如果没有真正的功能分区的出现和层次交通网络的辅助，就还是摊大饼的模式。

我觉得至少应像深圳，它就有一定的组团规划。罗湖区是老城区，城市进一步发展就有了福田、华侨城、南山等。深圳城市组团的核心是用汽车的尺度来规划，就是用交通线来连接，过境公路必须是高速的，而且是在城市的周边；组团里面的交通网络是自成体系的。滨河路和北环路、深南路组成城市的基本结构。几条路切割以后，从一个区到另一个区上高速路就可以了；组团内有较大的腹地，这是生活的空间，不会有大的交通干扰。

为什么谈规划，我想告诉大家一个重要的策略选择：广州城市的发展方向是往东走的，这是历史连线发展造成的，如果未来的发展是摊大饼，广州一定往东走，这是一个结论；其次，广州即使出现组团，它也要往东走，这是地理位置决定的。所以黄埔区能不能引导一下广州市的规划，把一些资源拉过来，让大家了解黄埔，这就是形象策划的意义。

第二，是广州城市产业链的梳理问题。城市产业是一种大齿轮和小齿轮的关系。例如广交会的问题，是广州最有力的产业链之一，有几百年的历史了。不管是葡萄牙人还是东南亚其他国家的人来贸易，当时明朝政府就是在广州指定了时间地点交易的。广交会为什么这么有力量？因为它是中西文化的一个交流场所，而黄埔港在中间扮演一个很重要的角色。因为有长期中西物质文化的交流，在广州的周边城市就形成了很多产业群落和产业带。现在为广州服务的像南海大沥的铝型材、南海的家具城、中山的灯饰、佛山的陶瓷等，这些都是为大齿轮服务的。当你知道你这个区域该为大齿轮做什么的时候，那就是我们跟人家不可比的定位选择了。

黄埔是一个口岸，那么谈很多跟荔湾区的第三产业的比较，就是没有意义的。因为黄埔的功能跟荔湾不一样，不可比。跟天河区的定位比较，也没有多大的意义。因为黄埔在产业链中的位置不一样。黄埔产业未来的发展是什么，还要深入研究。

如果黄埔的未来重点是发展对外商贸，包括发展面对海洋的口岸文化，这便是政府的决策与实施问题了。这就是一种政治选择。这种选择既需要理论支持，又可以超越学术研究。经济学原理不一定必然地导出政府的经济政策，经济政策是政治决策的结果，而经济原理是教授们研究出来的结果，这是两回事。所以诺贝尔经济学奖得主很少在股市上赚钱。

当然，学术研究对政府下决心有很好的参考作用，是政府决策的理性基础，但不能代替政治决策。城市经营决策是政府的政治行为，学术研究不能完全代替。但学术研究可以为决策开拓视野，使决策过程更加科学。这就是城市经营策划又不仅仅是政治选择的理由。

我最近一直在讲，中国目前正处于一个“全球化思想采购的时代”。这个概念来自于全球采购一说。例如汽车业，我们现在可以用德国的发动机、日本的空调等组装成一部车，这样汽车便有了世界竞争力。但是，我觉得更深层的全球整合应该是超越物资层次的，进行全球化的思想采购。资本主义市场经济的发展在西方已经有五百多年的历史，他们对市场、对城市运营的很多观念我们要采购过来，完全可以供我们参考，根据自己的具体情况整合，就够用了，实际上用不着自己瞎创新。我觉得中国城市经营首先是学习，先做学生，再做老师。最近我出版的专著《概念地产与思想采购》，两个月的时间，就基本销售完了，有不少人同我讨论思想采购。

思想采购可以扩展决策视野。具体到这个项目，我认为，至少应有三个方面的思想要采购：

第一，老工业城市改造在全世界有何成功、失败的经验，是怎么样更新发展的？我所知道的如利物浦、阿姆斯特丹、伯明翰等，这些城市就出现一种新的潮流，这些城市将那些老的工业厂房经过一定改造，可以做住宅，做成工业博物馆，出现了老工业区的新生现象。那么这种改造的思想探索没有采购过来，我们就没办法谈黄埔的问题，就没有资格谈。

第二，就是城市滨水区打造在世界有何成功、失败的案例？这个问题很有价值。像新加坡、马来西亚和中国香港、澳门的滨水区景观打造就很有参考价值。例如新加坡，将废弃的码头改为休闲中心，然后做餐饮休假的地方，就很成功。黄埔能不能做？

第三， 就是郊区发展模式的采购。例如香港的长洲岛就很值得研究。我曾在岛上的建道神学院住过一晚，觉得那里环境真舒服。再如香港的赤柱，克林顿就带他老婆去了那里，很有风情，文化遗迹保护得很好，社区发展做得非常好。这种郊区发展模式为什么在香港做得很好，在广州大家就觉得是一种包袱呢？这很奇怪。其实郊区目前对城市来说，已经是一种稀缺资源了。

如果没有这些思想采购，我就觉得决策者的视野不够宽阔，太狭窄。

做城市经营定位研究本身带有艺术性，带有提纲挈领的作用。说到底，它是一种政治口号，必须符合三个条件：一是跟黄埔区的主要文化特征相关；二是希望引导整个广州城市发展的走向；三是要有对周边城区博弈制胜的策略考虑，有了这三点，提出的口号才比较到位。

我觉得黄埔从文化特征、从定位的高度和博弈策略上来讲，一是要突出区位性，二是要表现出文化内涵和社区追求。基于这些考虑，我建议形象宣传语可用“广州之东，海洋黄埔”。

“广州之东”告诉人们的是，黄埔在广州这个大商圈里的区位，广州往东发展是未来的趋势，黄埔是广州的未来和希望。

“海洋黄埔”，讲的是黄埔的文化特点和追求。黄埔港有三千年的历史，是中国重要的入海口，是古代丝绸之路的起点。翻开广州历史，我们知道广州的海洋特征从来是通过黄埔港来体现的，海洋文明代表的是先进、和平、诚信的追求。黄埔这个区域目前对外经贸仍是经济支柱。海洋黄埔，正可以作为一个政治定位，作为一个社区追求的理念，再深化到人群中、社区、政府管理机构中，包括人文环境和旅游景点的营造。沿着这么一个主题往下走，组成一个系统，就有博弈性意义了，就跟周边区域区别开来了，也可以引导广州未来的走向了。

黄埔在广州城市群落里有独特的位置。广州是中西文化转换的重要变压器，东方文化和西方文化在这里出现变压，让东方人接受西方的东西，也让西方人接受东方的东西，东西方沟通之门由此打开。黄埔就是这么一个门的门轴。从交通意义上说，它还是整个珠江三角洲的门轴，在东西文化它也是一个重要的门轴。黄埔的海洋文化特点，就是流动性、外向性、诚信。这样就很清晰地表现出黄埔区的地域特征。

政治选择是一种特殊的决策方式，没法完全从逻辑上证明是对的。作为一种策略性选择，我觉得政府的城市经营执行力度比口号更重要。（广州 2005）

策划是一种致命的武器

这几天我有幸参观了你们这家广州最大的流动媒体（SP）企业。看了以后，觉得非常震惊。第一，公司的员工都非常年轻，感觉这里像是在大学的课堂一样；第二，你们公司的运作模式给我留下非常深刻的印象。每一个人都有一个独立的工作区间block，每一个人的面前都放着一台电脑：有的在编程，有的上网，有的通过MSN聊天，这是一种现代化的新型流水线。我从来没有见过这样的流水线，所有的人都可以跟外面直接对话，同时他又自己在工作，这说明流水线从历史上的封闭体系走向了彻底开放，这是网络时代惊人的变化。我想，这种变化也是你们突然意识到策划在现代生活中的重要性的原因。

中国进入全民策划时代

这让我回想起20年前，我也是在流水线上从事技术工作的，但与现在非常不一样。我做的也是尖端行业——核燃料的提取。我们工厂只有一个人可以发号施令，那就是总工程师。流水线上的任务就只是控制温度、压力。市场和计划是国家的事，同我们隔得很远。可以说，那时的中国只有一个人是搞策划的，这个人就是邓小平。

经过20年以后，中国发生了很大的变化。从你们的职业看，中国已经进入一个全民策划的时代，就是每个人的面前都有一台电脑，每一个人都是一个终端，都是一个发布平台，都要对市场做出及时的反应。策划已经来到普通大众中间。

网络时代正带来许多新变化。我已经从你们那里看到了时代前进的脚印。例如，我发现你们现在全都用电脑，已经很少写字，更不要说像我们过去那样练字。策划就是要对这种飞速变化的未来，提出应对之策。我曾经说过，策划就是应对变化，就是为未来定位。把握时代的脉搏，从蛛丝马迹中发现未来的发展趋势，正是时代对策划师的基本要求。

策划是一把致命的剑

学习策划，有两个字很重要，一是要练，二是要悟。现代社会有一个特点，就是什么都要娱乐化，希望一切东西都非常有意思、好玩。所以有人说，学习策划的过程一定要有趣。这没有错，但不是学习的主旨。我学过理工科，也学过复杂的哲学，同时也研究澳门历史，长期的学习使我明白，一个人之所以学一个专业并不是因为它有趣，而是它有用。学习是一个求真的过程，好玩只是它的外在形式，尤其策划行业一定要下苦功学。

我很喜欢古龙的武侠小说《多情剑客无情剑》，里面有一个人物给我留下很深刻的印象，这个人叫阿飞。

小说开篇就写得文采飞扬："冷风如刀，以大地为砧板，视众生为鱼肉。万里飞雪，将苍穹作洪炉，溶万物为白银。……"故事中写到，小李飞刀李寻欢从关外正赶到关内，坐着马车在冰天雪地中行走，发现雪地上有一行足印。原来有一个人也在雪地中孤独地行走，慢慢地马车赶上了孤独的行者。这是一个穿着单薄的年轻人，融化了的冰雪湿透了他的衣服。

赶车的大汉说："你看，这是一个多么可怜的青年啊。"李寻欢则说："他不可怜。你看他的脚印。"大汉回头一看，发现雪地中的足印竟然是笔直的。"他走得很直，说明他不愿意浪费丝毫的精力，这就像狼在没有食物的时候，不会随意浪费时间和精力在行走中。"

大汉又说："你看他腰间别的那个玩意，简直是个小孩子的玩具。"年轻人腰间别了一把剑，严格来讲是一条三尺多长的铁片，既没有剑锋，也没有剑颚，甚至连剑柄都没有，只用两片软木钉在上面，就算是剑柄了。李寻欢神色凝重地说了一句话："那是一件致命的玩具。"它不名贵，样子也简陋，更不像龙泉宝剑那样出名，可它却是危险得很。

大约过了一个时辰后，李寻欢所说的话就得到了证实。李寻欢和赶车大汉来到一家客栈，正好有人在作恶。那年轻人在人们都还没反应过来时，他那件小孩子的“玩具”已经刺入江湖恶棍的咽喉，没有人看得清楚剑是如何出手的。那孤独的青年就是阿飞，为了出名，他练就了一手快剑。他的胜利说明一个真理，剑不在好，而在于可以致命。

这就是学习策划的道理。你要不断地练，才能做好策划，策划不在于出招的花哨，出手就要有用，不论是在商场也好、个人修炼也好。练剑和策划道理是相通的，要边学边悟。口舌取天下，殊非易事。这也是我的经验总结。

你要有胆量上路

中国策划界现在是百家争鸣的时期，各种流派都有，五花八门。策划在国外称之为咨询顾问，提供问题解决方案；在中国统称策划，政府则称决策，其实都是同一个意思。我则认为策划实际上是一种方法，一种工具。就像汽车一样，学会了人人可用。

在策划界，有的人是专讲理论的，就像汽车销售人员推销车辆一样，这辆车是德国技术，性能如何好，那个又是日本制造的，如此等等。但学策划仅有这些是不够的。因此，我们这次的培训主要是讲策划的实操。也就是说我带你去飙车。你把问题说出来，大家讨论，我说的不一定全对，也许最终是你自己找到结论。但最重要的是上路。

我再给大家讲个真实的故事，前年，我同一位熟悉的领导朋友在吃饭的时候，他跟我说：“我现在学车。”我说：“好啊。领导学车挺好的。”过了半年，我又跟他一起吃饭，他说：“我现在学会倒桩了。”再过了半年，他又说：“我现在可以在院子里转转了，但不敢上马路。”吃完饭后，我叫他跟我走，去到我的车前，问他：“会不会加油？”“会。”“认不认识红绿灯？”“认识。”“那就直接开吧。”然后，他真的听我的指挥，就开上了马路。他越开越兴奋，学了一年半，终于可以上路了。这才发现，自己原来不敢上路是自己心魔作怪。

学车和策划都是一样的，要敢于上路。策划说到底是一种应变的智慧，骑自行车在摔跤中学会平衡，游泳在呛水中浮出水面，除此别无良策

自古成也策划 败也策划

我一直认为，策划自古是人生的核心竞争力，现代尤其如此。自古成也策划，败也策划，策划不单是指工作方面，它对整个人生都是非常重要的，我们的视野要更加放宽些。

相信大家都知道诸葛亮的故事。东汉末年，整个中国的局势异常动荡，刘、关、张三兄弟混来混去都不成气候，最后去到新野小县城开了个“有限公司”，始终没办法扩展事业。后来听了水镜先生的一句广告：“伏龙凤雏，得一则得天下”。于是，刘备在寒冬腊月带着两位兄弟三顾茅庐，诸葛亮也就发表了著名的“隆中对”。当年的诸葛亮就跟现在的你们差不多年纪，就是二十几岁，而刘备已经是四十多岁了。

诸葛亮的一番言论震撼了刘备：“自董卓以来，天下豪杰并起，跨州连郡者不可胜数。曹操比于袁绍，则名微众寡，然操遂能克绍，以弱为强者，非惟天时，抑亦人谋也。今操已拥百万之众，挟天子以令诸侯，此诚不可与争锋。孙权据有江东，已历三世，国险民附，贤能为之辅，此可以为援而不可图也。荆州北据汉沔，利尽南海，东连吴会，西通巴蜀，此用武之国，而其主不能守。此殆天所以资将军，将军岂有意乎？益州险塞，沃野千里，天府之土，高祖因之以成帝业。刘璋暗弱，张鲁在北，民殷国富，不知存恤，智能之士思得明君。将军既帝室之胄，信义著于四海，总览英雄，思贤如渴，若跨有荆、益，保其岩阻，西和诸戎，南抚夷越，外结好孙权，内修政治；天下有变，则

命一上将将荆州之军以向宛洛，将军身帅益州之众出于秦川，百姓孰敢不箪食壶浆以迎将军者乎？诚如是，霸业可成，汉室可兴矣。”

这段话，很多人都很熟悉。讲的是从董卓专权乱政以来，豪杰之士纷纷乘机起兵称雄一方，而地跨州郡的割据者多得数不胜数。曹操同袁绍相比，虽是名望低微，兵力弱小，然而曹操终能战胜袁绍，由弱者变为强者，这不只是天时有利，也是人的正确谋划的原因。如今曹操已经拥兵百万，并且挟制皇帝而向诸侯发号施令，这实在是不可同他直接较量的。

孙权占有江东地区，其统治已历三代，那里地势险要，百姓归附，贤能之人都愿意辅佐他，可以结为盟援，而不可以图谋他。荆州北有汉水作屏障，南至海边有丰富资源可供利用，东连吴郡、会稽郡，西通巴郡、蜀郡。这里是用兵的战略要地，但其统治者刘表却无力守住它。这大概是上天留给将军的吧，刘将军可有意于此吗?

益州地势险要，土地肥沃广大，是天然富饶之地，汉高祖刘邦就是靠这里而成就了帝业的。现在益州牧刘璋昏暗无能，张鲁又在北边与之作对，尽管这里人口众多、资源富庶，但刘璋因不知爱抚民众，致使有才能的人都渴望得到英明的君主。将军既是汉室的后代，且又信义显扬四海，广交天下英雄，求贤如饥似渴，倘若占领荆、益二州，控扼险要，西与诸族和睦为邻，南面抚绥夷越人民，对外结盟孙权，对内修明政治；待天下形势一旦发生变化，就伺机派遣一员大将率领荆州部队向南阳、洛阳地区进军，而将军则亲率益州之兵北出秦川，所过地区的百姓谁还不担着丰盛酒食来迎接将军呢！确实能做到这样，那么，统一大业就可以成功，汉朝统治就可以复兴了。

刘备听后茅塞顿开。但这里面有一个可行性的问题，刘备问诸葛亮：“刘表和我是亲戚，大家都是刘家的人，我怎么可以夺取他的地盘呢，这样不太好吧？”刘备觉得方案虽好，但不可执行。策划家诸葛亮说了一句很重要的话：“某夜观天象，知刘表不久于人世，荆州必易其主。”所以要刘备把握时机，这也是策划中的一个时机问题。

由是，刘备马上聘请诸葛亮出山，按照他的策划进行，最终形成了三分天下的局面。这个故事实际上讲的是做大事离不开策划。像诸葛亮这么一个年轻的乡下小伙子，轻摇鹅毛扇，就签了一个大合同，把一个国家给拿下来了。这就叫成也策划。这种策划的特点是大势把握清晰，可行性研究充分，执行得好。

所谓败也策划，我给大家再讲一个故事。

在秦王嬴政仍未统一六国的时期，今秦皇岛一带的燕国收到消息，秦国大将王翦攻占了赵国都城邯郸，大量屯兵在易水，准备向燕国进攻。当时的燕太子丹见形势如此危急，便召见大臣商议如何刺杀秦王。

国将灭亡，大臣们神色都很凝重，老将田光站出来向太子丹推荐荆轲时曾阐述说，血勇之人，怒而面赤；脉勇之人，怒而面青；骨勇之人，怒而面白。田光对荆轲的评价是：神勇之人，怒而色不变。

燕太子丹见了荆轲，把事情谈妥后，田光把脖子一抹，就自尽了。因为他相信“三人不能守密，两人谋事一人当殉”。秦逃亡将军樊於期也是条好汉，自己政治避难在燕，太子丹盛情款待，所以当听说关系到国家天下大计，需要自己的头颅时，二话不说双手奉上。

这无疑是个极其危险的行动，但荆轲为此还做了其他的充分准备：赵国徐夫人用毒药淬过的匕首，燕国的地图，还安排了秦舞阳来做随从。

荆轲在易水之滨盘桓，太子丹着急地用激将法催他上路。在易水边上，荆柯的朋友高渐离吹着筑，在天之苍荒、地之蘼芜的辽阔雄浑中沉稳地叩弦而歌：“风萧萧兮易水寒，壮士一去兮不复还！”

荆轲至秦后，以千金厚礼送秦王宠臣蒙嘉，要蒙嘉传报秦王。秦王见报大喜，于咸阳宫会见荆轲。秦舞阳虽号称燕国第一勇士，但见到威武庄严的秦王嬴政，还是因恐惧而战栗起来，荆轲怕露出破绽，机智地对秦王说：“北蕃蛮夷之人，未尝见天子，故恐惧，愿大王宽容。” 蒙混过了关。秦王对荆轲说：“取舞阳所持地图。”荆轲取图献上。秦王打开地图，图穷而匕首见。荆轲左手拉住秦王的衣袖，右手抢过匕首，向秦王猛刺过去。秦王大惊，大力挣脱，袖被扭断，未被刺中。荆轲随之又拔剑，追逐秦王，秦王以手相搏。此时，在一旁的侍医用药囊投掷荆轲，秦王得以才绕铜柱而走。左右群臣呼喊，王之剑在背后，秦王才想起挂在身后的剑，反手拔剑以击荆轲。荆轲左腿被剑斩断，在血泊中重以匕首投击秦王，未中秦王，而中了铜柱。最后秦王在卫士和侍医的协同下，杀死了荆轲。这就是历史上著名的荆轲刺秦王的故事，这次的策划就是以失败告终的。

我们总结这次策划，燕太子丹想用恐怖主义的手段来解决国家争端，跟现代的拉登差不多，事实证明这种方式是行不通的。秦王嬴政从此终生不见外国使节，并一举东去，消灭了燕国，最后也统一了六国。

秦始皇废分封诸侯之制，分天下为三十六郡，统一度量衡，定币制；使车同轨、书同文；徙天下富豪十二万户到咸阳。确立了日后中国的国家框架。历史表明，秦始皇才是真正的策划大师，而燕太子丹却消失在历史的烟尘之中，成为了一个传奇故事里的可悲人物。

从以上的两个历史故事中，可以看出成也策划，败也策划。策划正是人生的核心竞争力，成则荣华富贵，败则一事无成。策划应该成为一把致命的武器，它不一定金玉其外，但它可能是阿飞那把小孩子的玩具，可以一招致命，这才是策划的真谛。（广州 2006）

从圣名之城到魅力之都

在过去的450年中，中国没有任何一个城市，像澳门那样具有典型的欧洲风情与魅力。可以毫不夸张地说，澳门是研究近代中国城市发展史的最好的个案。自450年前，葡萄牙人居留这个小岛以后，这里一直是商人、传教士、冒险家和革命家的乐园，实际上，澳门一直是中西文化交流最重要的变压器。我们由此注目这个海岛城市的发展史，可对当下中国城市的定位与规划研究提供很好的参考。

澳门海边的这尊观音像，带着几分圣母的神情，是澳门中西文化合璧的恰当隐喻

澳门城市发展史研究主要包括三个方面的内容：一、澳门的城市建设史，即澳门的街道和建筑物的发展历史；二、澳门文化发展史，即澳门特有的城市文化：葡萄牙和中国文化交汇所形成的中西合璧的澳门文化的演化史；三、澳门城市在世界海洋贸易网和城市格局中的定位和角色变化的历史。

澳门城市的建立是地理大发现以后非常重要的事件，是中西文化交流的一个重要窗口。它在南太平洋的贸易网中的地位也一直在变化，它的兴衰也同它在贸易网中的角色的演变有很大的关系。在研究澳门城市发展史的过程中，我们强调“以物证史”的方法，希望通过城市遗留下的建筑物、街道和考古发现的史料，能够再现澳门城市发展的历史。

澳门的城市发展主要分为两个时期。

第一时期，16世纪澳门开埠到1849年以前的所谓堡垒城市时期；

第二时期，1849年以后的近现代都市发展时期。

在澳门城市发展中，第一个期间主要关注葡萄牙人来澳门，与中国乃至整个南太平洋进行贸易所建设的早期军事堡垒式的城市的历史。当时澳门是一个重要的贸易据点。因此，仓库、集散地和采集货物的活动，在澳门城市发展中有着重要的作用。为了保护葡萄牙人在该地区的利益和安全，澳门最初城内为葡萄牙人的居住地，并且用围墙和城墙圈起来，葡萄牙人对自己的财产保护特别重视。又由于受到欧洲各国在南太平洋贸易的竞争冲击，最初的澳门修建了许多军事堡垒，在仅仅两个平方公里的岛屿上就建了七个炮台，共拥有400门大炮，中央炮台更有42门大炮。因此，这时期的澳门内城主要是居住、休息以及葡萄牙人进行贸易和存放财物的地方，很少娱乐场所和绿化空间，城内的日常供应主要靠城外的望厦村和白鸽巢等村子提供。

1847年，阿玛留继任澳门总督以后，澳门城市开始发生重大变化。由于第一次鸦片战争的结束，许多外国商人都来到澳门，或进入广州同中国人做生意。澳门城的城墙开始拆除，澳门城市范围开始扩展到七村两岛，打破了原有城市的格局。有许多广州人也迁入澳门居住。在原来的城内主要由葡萄牙人居住的地方，已经有许多华商居住其间，原来在城堡内主要讲葡萄牙语，而现在华人逐渐成为城市的主体，华人在城内吹拉弹唱，把中华文化很多的内容都带进了城内。城市的街区也得到了不断发展，城市的范围逐渐扩大。许多离岛逐渐被建设起来，还建立了学校、教堂，并建设了许多市政设施，如垃圾站、下水道、厕所、集市、娱乐场所、体育设施等。

在葡国文化方面，以前的堡垒城市主要是石板街，教堂比较简陋，甚至最初的教堂是用草棚搭建的。在鸦片战争前几十年中，葡萄牙人曾经在澳门度过了非常艰难的日子。

阿玛留继任澳门总督以后，葡国文化开始受到重视。阿玛留于1847在澳门建立澳督府，就是现在的民政总署所在地。随着澳门城市的扩大，它在整个南太平洋贸易网中的作用也在不断的强化，随即有海关的建立，仓库的扩建，内港的建立和外港的建设，澳门也有了更多的船舶停靠点。

1870年以后，澳门博彩业开始兴旺。每年有20万的水手来到澳门博彩，赌博，使得澳门的旅游业逐渐发展起来。由此澳门逐渐演变为一个世界性的休闲城市。

澳门从堡垒城市到现代化的世界城市，是从一个封闭走向开放的过程。原来的城门开始打破，葡华分居的局面出现融合，这都同第一次鸦片战争结束以后，澳门处在重要的海洋贸易的关键点上，必须适应来自于各个国家的贸易商人，适应局势的发展有很大的关系。

最初的葡萄牙人害怕华人，但随着华人商人集团的增多，贸易交易频繁，导致葡萄牙人和华人之间出现了融合。

在1849年以前，澳门的华人和葡萄牙人数量相当；但鸦片战争以后，澳门仅有2000人是葡萄牙人。特别在香港和上海开埠以后，很多葡萄牙人都离开了澳门，去上海或香港谋生。实际上，在1849年以前，葡萄牙人驻留澳门时，澳门一直是处于一种破旧不堪的状态，教堂和建筑物许多都较简陋。但很多西方的建筑文化，在澳门也都有所表现。如圣保罗学院、白马行医院等，都发挥了重要的文化交流作用。

1841年，鸦片战争结束以后，葡萄牙人趁香港开埠，在澳门主权问题上争取更多的管理权。他们赶走了清政府委派的县丞，拓展了城市的空间，开发北部离岛，建设了港口、郊区，城区更加现代化，并开始填海扩城。在城市建设上学习香港的规范化管理的方式，通过苦力劳务输出、贸易和博彩业，澳门城市逐渐出现兴旺发达的景色。屈大均在记述澳门在出关闸的地方所看到的白屋顶时，就流露出对城市宏伟建设的感慨。这种欧洲风格的建设对中国传统的士大夫是一种强大的冲击。

在研究澳门城市发展史中，要特别留意区分土生葡人和从葡萄牙派过来的官员的区别。他们的利益是不同的。土生葡人是指出生在澳门本土的葡萄牙血统的公民，他们只需要向本地交税，他们有自己的本土利益。他们组成了自己的商人集团，并有议事厅。由六人组成的议事集团在1840年以前的澳门的政治舞台上，扮演着极为重要的角色。林则徐在1840年视察澳门时，所见到的官员就是由这些土生葡人组成的议事会成员。中国政府一向只同议事会打交道。因此，在澳门早期的城市发展中，议事会具有重大的作用，而由葡萄牙派来的总督，权力相对较小，实际上相当于一个兵头，也没有自己固定的办公地点和权力。

自阿玛留被派往澳门担任总督以来，澳督的权力在逐渐增加，足以同议事会抗衡。在第一次鸦片战争结束以后，葡国派往中国的公使和总督才逐渐合二为一，并最终演化为由总督来主管澳门事务。

在研究澳门城市发展的历史的过程中，我们发现如下因素是深刻影响澳门城市发展的过程的。

一、在世界贸易网络中澳门城市的地位演化对整个城市定位的影响；

二、议事会与澳督权力相互关系变化的过程，也深刻影响着澳门城市建设的政策和发展思路；

三、澳门同香港和广州城市关系的变化也影响澳门城市的发展。尤其是中国大陆政府对澳门态度的变化直接影响着澳门城市的兴衰。

在后期的现代化城市建设中，我们看到澳门有许多建设城市的思路是从香港和欧洲直接借鉴过来的。澳门作为一个现代化城市的发展同香港基本同步，葡萄牙人逐渐开始建设独立的、完整的医疗系统，人口变迁也出现了明显华洋杂处的情景。此外，政府也开始注重能源供应的建设、饮水系统建设，以及对宗教文化和娱乐设施的建设，这些对现代化的都市发展都具有重要的意义和作用。

很明显，我们今天所看到的澳门城市，充分表现了那种独特的风貌和文化，它是东方的休闲之城，被称为东方的蒙特卡洛。博彩业成为它很重要的特征，同时它又有很浓烈的葡国文化特征。在妈阁庙、在前地，我们都可以看到这种文化遗存的痕迹。

当我们走在澳门的大街上时，我们看到的是那些地上描绘着奇特图案的石子路，这些石子都是当年葡萄牙人不远万里从葡国本土运到澳门来的。澳门著名的大三巴牌坊，就是最初葡萄人进入澳门以后所建立的教堂。在过去的几百年里，葡国人不仅在澳门的土地上建设了大量的欧式建筑，他们还在澳门社会用葡国法律系统来管理这个城市。因此从大结构上看，澳门城市从历史上看完全是一个具有浓郁欧洲风情的城市。

澳门的建设可以说是中国城市建设史上的一个奇迹。它是自地理大发现以后，欧洲人在中国建立的第一个城市，具有中国城市建设史上里程碑的作用。它让中国士大夫看到了那种整洁的街道，管理得井井有条的市井生活，也让人们看到城市建设同贸易产业和经济的关系。城市不再是单一性质的居住区，而是可以融会各种不同的文化、不同的语言、不同的人种，让人们共同生活的场所。它具有市场意义上现代都市特征，兼容并蓄，并让不同的文化和平共处。这就是澳门城市对我们的启示。今天的澳门已经成为中国的一个特别行政区，但是它的国际性地位依然没有改变，它在海洋上的位置也没有改变。它将在未来的中国城市发展中，继续扮演着重要的角色，发挥着重要的作用。（澳门 2006）

旧区重整考验澳门城市经营

澳门旧区重整千头万绪，已引起了社会广泛的兴趣。从新闻传媒的议论，到普通市民的关切；从学者的理论研究到的士司机的街头热评，人们的话题主要集中在三个方面：首先，是与市民个人有密切利益关系的问题，如政府对旧区房产的收购、置换等；第二，对旧区本身的功能调整的关心，如交通改造、文化特色保护等；第三，旧区重整与澳门城市整体发展相关的问题，如旧区的产业定位、香港与澳门旧区重整的比较、澳门与珠海横琴的关系及对澳门的影响等。从话题的广泛性和深度来看，澳门的旧区重整要远比一般城市的旧区问题牵涉面广，影响深远，已经成为一个全局性问题，同澳门未来的城市经营成败密切相关。

澳门旧区是复杂城市问题的集合

从历史上看，旧区是过去150年来澳门城市发展的缩影，也是一捆复杂的城市问题的集合体。一般来说，澳门旧区范围大概是指1849年以后澳门城墙以外，即从城墙到关闸的北部发展区，以及内港区域。尽管这个范围的发展已有百年以上的历史，但目前大部分的建筑物都只有几十年的年龄。从城市功能分区看，这里是为澳门城市本身服务的内城商圈，是19世纪中叶到澳门回归前澳葡政府处理城市问题的“收容站”：建筑密度奇高，公建严重不足，交通凌乱困难，城市结构性老化。因此，特区政府有胆量翻开这本陈年旧账，也说明了政府建设新澳门的决心。

按惯例，人们所指城市旧区重整的具体内容，一般包括三个层次的含义：一是物质层面，就是针对年久失修的单体建筑物的处理；二是旧区局部运作系统方面的改进，如局部交通调整、区域性商业配套的改造等；三是旧区在整个城市框架中结构性陈旧所引起的重整，如在旧区引入新产业，这往往是城市面临结构性调整所产生的机遇。而这三个层面的问题都需要规划人员进行鉴别和研究、加以区分，最终表现为一系列规划原则的确定。如从实体层面讲，就是确认什么是旧建筑，什么是过时的建筑，拆与不拆的分野是什么？哪里是历史保护地段和街区，旧区历史文脉的构成元素是什么？区域商业和住宅的关系如何处理，区域内以何种方式保留产业发展用地和公建用地等问题。

然而，要在澳门旧区确定这些原则却非易事，其牵涉面很广。因为澳门旧区重整的要求一方面来自旧区本身，是城市自我更新的一部分，另一方面是整体澳门城市发展的压力和推力作用的结果，是澳门整体问题的反映。除了有世界其他城市的旧区重整的共性以外，澳门旧区功能多元，极为特殊。因为对于面积极为有限的澳门来说，旧区一直是澳门主要的住宅用地，是半岛的交通要道，也是商业发展的主要空间之一，同时也必然是未来产业延伸的重要区域，可谓螺丝壳里做道场，这多重使命让旧区重整成为一个难度很高的命题。

事实上，澳门旧区重整最大的挑战，可能是必须为未来产业的发展留下空间。在此，有两种流行的说法需要认真甄别。

首先，从城市发展史的角度看，澳门旧区重整不能同香港做简单类比。考虑到澳门城市的产业布局问题，澳门旧区重整就同香港的模式有很大的区别。因为香港的旧区重整基本不涉及产业链的发展问题，是典型的住宅区改造。

其次，为了解决发展空间问题，有许多议论希望把横琴开发作为澳门城市发展的关键要素。但澳门旧区与横琴开发的关系要有客观的估计。有专家认为，横琴可以作为澳门的“净土”，而澳门则是“掘金”之所，使居住区与生产、旅游区两者分离开来。

其实横琴属澳门开发，真的同旧区重整有很强的相关性吗？我以为，旧区重整有它固定的规律，并不是说有了横琴，澳门旧区的人就可以大部分搬到横琴居住，旧区就可以腾出了做别的事情，这种想法是幼稚的，这不过是美国城市发展过程中的“卧城”模式的翻版。

纵观各国城市旧区重整的经验，没有任何一个旧区在完成重整以后，密度和容积率能够大幅度降下来。当旧区改善了交通环境、生活环境和服务设施，变得更加舒适和怡人以后，旧区的居民往往并不愿意离开，有很大一个比例的人将继续在这个区域里生活，这是旧区改造的一个重要事实。必须从旧区居民的生活成本方面考虑，在旧区他们能够在熟悉的环境里生活，有完善的配套设施，而一旦搬迁到横琴这些有待开发的区域，居民的生活成本将大大增加。在这种利益计算面前，到底有多少人愿意搬到横琴去居住，是个有待评估的问题。

对于澳门社会综合素质的提高来说，旧区重整至少要达到两个目的，一个就是增加更多的就业机会，使澳门市民的生活素质得到普遍提高；另一个就是要进一步扩大商业和办公区域，繁荣商业气氛。这有赖于旧区重整形成的新商圈的辐射能力，因此难度极高。澳门城市的发展有其鲜明的特点，旧区建筑的老化，商圈的兴衰，同澳门的历史密不可分。澳门旧区现状是澳门城市整体性问题的反映，必须从整体上接受，不能简单套用其他地方的经验，这决定了旧区重整注定要走一条自己的路。

交通重整 城市定位 产业布局

从规划的专业上说，旧区重整最先要确定的是半岛的交通问题。因为在现代城市中，交通是城市的基本骨架，离开了交通重整，旧区重整很难产生实质性的效果。澳门尽管在许多生活方式上与世界同步，但是从交通意义看却是一个较落后的城市，因为澳门的主要交通方式是私人小汽车。而在世界先进城市里，大运量的公共交通已是城市交通的主导形式。如香港的轨道交通已经占到客运比率的35%以上；伦敦70%的人流是依靠地铁进行交通；东京有80%的人流是利用地下交通的。

就同一宽度的车道来统计，小汽车每小时的运量是3000人，轻轨则达3万人左右，地铁更达5~6万人。这一点，新加坡在公交系统方面就做了许多有益的探索。例如，在公交车装有GPS系统调节交通，对汽车用ERP系统实行不同时段按交通状况进行动态收费的方法调节路面车况，让高效率的大众捷运系统和地铁系统成为城市的主干。

澳门显然要学习更多先进的经验。交通重整是做减法，是压缩城市交通的有效方法，可以为旧区松绑。因此，在澳门旧区重整中，首先要确认的是澳门的捷运系统如何规划。要确认澳门交通的枢纽中心，副中心以及通往各个目的地的运输方式。

从规划的指导原则看，城市定位是影响旧区重整的根本因素。澳门城市未来的产业选择直接影响旧区的规划方向，城市经营的选择不清晰，旧区重整必定会停留在浅层次的修修补补，不可能有实质性的作为。简言之，澳门必须在规划可预见的未来，确定其赖以为生的主要产业选择，是真的要成为中国对葡语国家的贸易平台，离岸金融中心，中药基地等等，还是仍以博彩业为主，走泛旅游区发展的思路？

性格决定命运，城市也是如此。从历史上看，澳门彩色定位的主要特征就是，澳门始终是一个追求超额利润的城市。这主要表现为三个时期，即1557~1640年间澳门是以远洋贸易来实现超额利润的；在18世纪下半叶到19世纪中叶之间，澳门城市则是以贩卖鸦片和贩卖劳工来实现超额利润的；至19世纪中到目前为止，近一个半世纪的时间里澳门城市则是以博彩业为主导产业并实现超额利润的。因此，澳门城市的定位有一个很明显的特点，就是不断寻求在全球范围和东南亚国家之间巨大的利益落差，并利用澳门的平台去实现它，可以说这就是澳门城市的定位特征，这是由其资源条件和政策环境决定的。

目前的讨论表明，澳门城市未来发展可能有三种形态：一、继续发展博彩业，相机行事；二、发展博彩业，向旅游娱乐方向进一步拓展产业链；三、由博彩业向其他行业转型。

应该说比较合适的是第二种选择，这是由未来澳门城市的投资结构决定的。因为，在2002年澳门赌牌一分为三时，澳门旅游娱乐有限公司已承诺未来3～5年投资50亿澳门元于娱乐博彩业；而永利度假村（澳门）股份有限公司也承诺未来7年投资40亿澳门元；银河娱乐场股份有限公司则承诺在未来10年投资88亿澳门元。这一庞大的投资计划，决定了澳门城市的未来产业走向。对于只有区区40多万人口，地理资源非常有限的澳门来说，这种投资结构的意义是非常明显的，也是不可以随意通过政策的转换就能调整的。

如果从这种意义看待未来澳门城市的定位问题，我觉得许多热心的专家所提出的建设澳门的离岸金融业务，建设中国与葡语国家之间贸易平台以及建设中药港之类的建议，应该说都很难与博彩业的权重进行对比。客观地看，如呼声较高的CEPA的作用对澳门的影响也都很有限，2005年泛珠江三角洲九省进出口额首次突破5000亿美元，而在CEPA框架下进口港澳货物共2.5亿美元，比例就较小，难以产生实质性作用。因此，2001年澳门特区政府将澳门经济结构调整布局定为逐步建立以自由港为核心，以旅游博彩业为主导，以服务业为主体，以祖国为后盾的发展模式是有远见的。

从这种城市定位出发，澳门的未来要走旅游娱乐业的发展之路，逐步完善产业布局。旅游业目前已成为世界第一大产业，超过石油和汽车产业。统计显示，1950年国际旅游收入为21亿美元，而2000年已达到72000亿美元，是全球所有经济行业里增长最快的行业。旅游业的发展甚至拯救了意大利、西班牙、瑞士和新加坡的经济。澳门作为一个只有40多万人的城市，其娱乐和旅游的收入已超过文物大国埃及的年43亿美元的收入。从这个意义上说，澳门是个个性非常鲜明的城市，澳门的城市经营是非常成功的。澳门要沿着这个方向发展，进一步拓展产业链才是当务之急。

因此，对于旧区的重整来说，最重要的还是要考虑博彩业向娱乐产业的自然延伸，尤其是娱乐制造业发展的方向。既然特区政府引进了美国拉斯韦加斯的赌博集团进入澳门进行投资，那么为了完善整个城市产业发展，也可以顺理成章地让这些集团将美国的博彩和娱乐业的下游和上游产业引入到澳门城市中间来，并建立相应的条例辅助这些企业的发展，同这些博彩企业更紧密捆绑。这是培养澳门城市长久竞争力的必然选择。

对于博彩业所涉及的各种博彩用具、电子用品、动漫制作、场地设计以及各种辅助设备的制造过程，澳门应有最好的平台进行开发、展览和贸易。澳门城市必须形成发展博彩和娱乐产业的社会环境。包括澳门的大学，首先应该是这种创新思想的发源地，应该为整个城市的产业链建立良好的研发和创意基地。由此，澳门城市的旧区重整就要向这个方向倾斜。考虑娱乐经济的产业布局，人才培养，关联发展等。旧区重整就是要更好地服务澳门博彩业和旅游业，将整个博彩和娱乐业的产业链进一步地延长，深入到展览、制造和研发领域，并将贸易延伸到全世界。

城市的决策者应该往前看。在网络时代和娱乐经济时代，许多贸易和实业形态的产业已经利润越来越低，而娱乐经济和旅游业等休闲产业，将成为未来最具有增长潜力的行业。所以，澳门要让e时代的年轻人参与城市决策，主导整个城市的发展方向，用网络时代的眼光来看待澳门经济的未来。从这个意义上说，旧区功能调整是做乘法，要能够整合更多的产业，并为未来提供发展的空间框架。

动态规划：从新框架开始生长

从城市经营的角度看，澳门旧区重整将面对六大任务：适应澳门产业结构调整；理顺半岛的交通状况；改善公共设施；改善旧区居住条件；改善生活环境；保护澳门历史文化和传统风貌。为此，城市规划的任务是确定旧区重整的基本框架和调控政策。政府的职能就是在个人利益与公众利益之间、长远发展与现实诉求之间、政策的稳定性和弹性之间不断调控，寻找平衡点。因此政府的政策制定是做加法，是一个反复沟通和协调的过程，是谋求个人、投资者和政府之间利益的共赢。

澳门旧区重整要有一种终极设计的概念。在总体框架上就有如老城区葡萄牙风格的街区设计一样，一旦成型，其总体结构可以几百年不变。旧区也要完成一个美好之城的基本框架，为未来澳门半岛上百年的城市发展奠定基本的框架。我认为此中最重要的是坚持一种动态规划的思想，即首先确认整个澳门半岛的大众捷运系统的主体框架和网络，然后根据区域不同的产业、商业、居住定位进行小批量的不间断的重整和改造。

动态规划的思想要求不断检验和反馈，及时评估旧区重整的方针政策，并进行调整以达到最优化的效果。这同一次性完成整体规划的思路大有不同。动态规划要求对发展机会进行多方面的评估，所以其主要成果可能表现为文字性的政策。这些成果将包括私人利益与公众利益处理，长期发展战略与短期利益问题，交通问题处理方法，产业政策制定，历史街区和文化评估，社会参与机制和政策，甚至在城市建设中如何表现澳门精神等。

通过旧区重整，澳门城市将成为一个非常富有风情的旅游休闲城市，固然具有博彩业的成分，但是它更具展览、旅游、休闲、研发和商业贸易的特征，能够实现几个功能区域的互补。如作为核心商业区域即从大三巴到新马路的葡国文化区；作为博彩业的路氹和新口岸区域；作为商业、居住、研发、生产基地的旧区重整区域和大学区域；作为展览基地的路氹区；以及可能作为未来居住区域的横琴区等。这样，澳门城市的整个产业结构分布就比较清晰。

澳门本身就是娱乐经济时代最好的广告，澳门的发展有赖于更辽阔的眼光和对现代经济更切深的认识，澳门城市应力图实现这样的承诺，这就是“给你机会，给你快乐”，澳门做得到。澳门城市经营从这个新框架开始生长，从此将翻开新的一页。（广州 2005）

澳门步行街：一杯老牌的欧洲年份酒

一条好的商业步行街设计，必须具备三个核心要素：妙不可言的逛街乐趣、步行者的景观尺寸和有效的交通对人流的组织。这是我对澳门450年以来的城市商业变迁研究的最重要的经验。澳门现民政总署到大三巴牌坊那条中世纪欧洲风格的步行街，就是这样一条富有异国风情的步行街。

一条海风吹来的街

其实，恐怕许多澳门人也不一定清楚，澳门也有一条街叫“直街”，这是葡萄牙中世纪城市规划传统的遗存。这条街的历史，记载的是在过去几百年葡萄牙人对使徒圣保罗的宗教崇拜。根据《圣经》的记载，圣保罗就是出生在西里西亚充满生机的巴尔索地区的直街上的，而圣保罗是以向异邦传教而被人赞许的。16世纪葡萄牙人来到中国时，他们就把自己当成圣保罗式的使徒。

澳门步行街充满了海洋文化的元素，尺度亲切宜人

在葡萄牙风格的城市中，直街并不一定是直的，直街往往蜿蜒曲折，连接着城市中最主要的建筑物和广场，但它必定是城市中最主要的街。

澳门的城市建设也遵守这一传统。在1557年左右，澳门直街开始于澳门现在的沙栏仔街附近，连接圣安东尼堂，直达大三巴牌坊，然后向圣母堂、议事亭和营地大街方向发展，然后再面向南湾方向连接龙嵩街，向圣老楞佐堂方向发展，这就是澳门直街的主干。直街由此连接了两个“前地”（广场）：一是大三巴前地，一是议事会前地。沙栏仔街、花王堂街、大三巴街、营地大街、龙嵩街作为鱼骨式的街道主干向两边延伸，逐渐形成澳门城市的街道网。

今天，这条欧洲葡萄牙风格的澳门主街，同历史上比也并没有大的变化。目前仍是澳门商业最集中和繁华的街区，是澳门城市的灵魂。其中，从大三巴牌坊到新马路民政总署的区域更是已开辟为步行街区，每天从早到晚游人如鲫。

由于澳门城市开埠于16世纪中叶，当时的葡萄牙人航海依靠的是季风作为动力；因此，我称澳门是一个海风吹来的城市，一个古老的三桅船运来的城市。这样看来，澳门直街作为中国土地上唯一一条欧洲中世纪风格的街道，也可以说是被海风吹来的了。

商业街是城市生活的舞台

如果说，“城市不仅是空间上的一个地点，而且是时间上的一台戏”的话，街道就是城市生活的舞台。但要理解澳门这条独特的商业街，首先要理解澳门城市的特点。

当我们走在澳门的大街上时，所看到的是地上描绘着奇特图案的石子路。这些石子都是葡萄牙人不远万里从葡国本土运到澳门来的。澳门的致高点就是著名的大三巴牌坊，还有东西望洋山上的教堂，那都是葡萄牙人进入澳门以后建立的。因此，葡国人在澳门的天和地中都留下了深刻的印迹和符号。当然，他们还建立了最重要的葡国法律系统和商人议事会政权来管理这个城市。因此从这些大的结构上看，澳门是一个欧洲风格的城市。

从城市个性来看，澳门是一个商人城市，这里一直是商人、传教士、冒险家和革命家的乐园，是中西文化交流最重要的变压器。因此，从城市设计来看，澳门不追求宽大方正的政府广场和办公楼，一切都只为简单实用。商业运作的灵活与便利成为设计的重要原则。这也就是葡萄牙港口城市的基本方式：兼顾商业贸易的港口特征，考虑教会在整个社区中的崇高位置。

理解澳门城市的设计，必须从理解直街设计开始。这是我对澳门城市研究的一个基本结论，撇开那些复杂的考据和理论不谈，如果您有机会在那条街上游荡半天，您一定会有同样的感觉。

不难发现，这条直街具有一种城市设计的特有的节奏和神韵，这是澳门台地较多的地势和景观给步行者的感觉，就像体味一首颇具气势的交响曲。时至今日，当我们步行穿过这条街时，依然可以体会这种旋律：

这交响曲起于内港，在沙栏仔街开始了一段富有异国情调的轻松旋律，一路积蓄着热情，在花王堂找到了最初的讴歌动力，于是向上发展，开始一段庄严的序曲，在圣保禄山的大三巴牌坊前达到了高潮。

然后，是一路如歌的行板，走向复杂而华丽的篇章。强劲的主旋律在不断呈现，圣母堂、仁慈堂和议事亭，通向大堂的路和通向营地大街的路，一时缤纷万象。华彩乐章开始在营地大街渲染的人群中出现，并带着城市生活的活力向龙嵩街进发，东方和西方商业交汇的剧目在此淋漓尽致地上演。

直街在这里有一个短暂的停歇以后，又沿着山脊在面对南湾的方向奔去，终于，在风顺堂的前地，大海这伟大的母亲出现了，一切山清海晏，一切豁然开朗，直街的交响曲在此嘎然而止，余音绕梁。

就这样，欧洲城市设计的悠久传统一再延续，把神界和人界、自然和社会、崇高与俚俗、变化与永恒，统统展示在无言的街道布局与建筑之中。

这条街由此成为澳门城市生活的舞台，几百年以来，神圣的宗教游行在这里进行，总督的就职典礼在这里举行，语言复杂的贸易活动在这里争吵不休，革命者的阴谋在这里谋划……

一杯欧洲风味的陈酒

老实说，同中国内地几条大名鼎鼎的步行街相比，我更喜欢澳门这条步行街。这条街真正体现了我所说的妙不可言的逛街乐趣、步行者的景观尺寸和有效的交通对人流的组织。而内地步行街最大的特点是商业的成功，但这种成功仅仅是步行街投资者的成功，并不能代表步行街的全部内涵，也不是游客置身其中的全部感受的表现。这些街的共同特点是宽直长，充满让人心虚的奢华。澳门这条著名的欧洲风格的步行街，却是一杯老牌的欧洲年份酒，值得品味。

首先，这条街具有自然的逛街乐趣，会让人不时有新奇的发现。这条步行街的中心或高潮区在民政总署的前地（广场）一带，有著名的建筑物仁慈堂及现民政总署大楼，广场自然成形，建筑物体量适中，不会有压迫感，是吸引游客的向心点。这些美轮美奂的建筑充满浓郁的南欧风情和文化积淀，各细部打造曲尽精妙，让人不时有新奇的发现。

街道营业空间和公共空间巧妙布局，互不干涉。在步行街区拐角的地方，有多处教堂建筑，如圣母堂和大三巴，教堂同商业街区仅几步之遥，教堂内做礼拜的安谧同商业街的热闹形成鲜明的对比。

这条街能充分满足步行者的游历愉悦感。蜿蜒曲折的街道随步行而展示出复杂的多种形态景观，所有的拐弯区都精心安排了前地（广场），但都是依地形做出的不规则形状，绝没有一个方形的前地。不似内地的那种广场式步行街，一眼看尽几百米的街区。街上还安排了足够的休憩椅，让步行者可以坐下来细味街景；步行街的“配件”做得很足。

其次，这条街的各种店面和设施都考虑了步行者的尺度，步行者游历的娱悦来自于置身其间的感受，简单说，就是色香味俱全。游目所及，琳琅满目的各种店铺杂然相处，成为复杂而斑斓的颜色流线，商业布点的生态极其复杂，从饮食、手工艺、服装到各类手信、葡国食品等几十类商店驳杂相陈。

体味这条步行街的香味本身便是游览的最大乐趣。由于街道较窄，可以确保步行者同时兼顾两边的商店。两边店里的香味弥漫了整条街道，一会儿是浓浓的咖啡香，一会儿是葡式杏饼的香味，一会儿是香水店的香味，一会儿是麦当劳餐厅的香味，一会儿是擦肩而过的异国女郎的香味；在种种香味的诱惑下，游客往往味觉大动，无不闻香识货，或驻足观看，或随意坐在街角品味随意小食，整个街区更弥漫了一种浓浓的生活气息和美感。

步行的趣味在脚下，这一点表现得最充分。整条步行街没有一块地是平的，全用那种奇特的葡式碎石铺成。由于不时出现的街边曲面的变化，步行会有惊人的趣味，会有发现感。地面上拼成的各式图案，表现了航海民族的文化特色，像海浪一样的花纹一直伸向远方，葡式地面的处理技巧充满了令人惊叹的用心。

人群的多元性表现了不同文化的和谐相处。街区上有正宗讲普通话的内地游客，也有皮肤黝黑的印葡人，既有不明身份的欧洲人，也有许多土生葡人，人们莫不神态安详、礼貌周至。一种国际性社区的气氛十分明显。

再者，这条街的交通组织对人流的集中与疏散自然而有效率。这条步行街蜿蜒曲折，大致呈鱼骨形，在主街两边有许多的小巷、里弄，可以方便地接纳开车光顾的游人，人们几乎可以在任意的点上接近步行街，这同内地那种常常除了前后两个节点外，其他地方很难进入步行街区的设计大不相同。在主街区后，是繁忙的交通系统在为步行街区的营运服务，主次分明。如公交车辆便是悄没声息地穿梭其间。绝不似广州的公交车，在20层楼上还能听见公交车的录音报站的声音："天河北路到了，请下车……"——我想广州的公交车也太过分了，你没有权利让自己显得那么重要，要让百米以外的人们都听见你的声音，还有那么可怕的刹车声，多么喧嚣而主次颠倒啊。

可以说，澳门的商业街好似澳门女子，小巧、安静、白皙，乍看像那种苗条的广东人，但如果开口讲话，可能让你不知所措。大部分时间她们当然是讲粤语，但有时她们会讲葡萄牙语、英语或者印度、马来土语，于是你会从她们的脸上读出欧洲和东南亚其他民族的血统。如果你问她们的祖国，她们会微笑不语。事实上，她们的祖国就是她们的语言，她们的混血就是她们的美。那课题深奥得就像人类的起源，不待你细究，她们已消失在澳门古老而蜿蜒的街巷里……（澳门 2007）

从理想景观解说中国风水学

2002年初春，我于大雪纷飞中经德国至奥地利山区，沿途所见村舍井然，林壑佳美，教堂穆静，天地安详，大为惊诧，恍若见到了中国堪舆中描述的景致，乃豁然有悟；原来讲究风水即人与自然的爕处并非东方独有，而欧洲人的城镇规划与房屋建筑实践中，也遵循着同东方一致的古老的智慧。

我涉猎中国古风水学十载有余，至此深感惶惑，目前中国大地上的村舍屋宇，多已不复统一与协调，更不用说合序于天地阴阳。风水术士一味守旧，不谙时潮，不知机变，不能对现实有所裨益，诚可叹矣！风水一术被世人讥为迷信，咎由自取。披枝寻根，剥皮见骨，找到古风水学的合理内核，扬弃其糟粕，存录其精华，使其符契于现实生活，恐为中国风水学的当务之机。因此，尝试用现代景观语言重新整理中国古典风水学的基本认知结构，使之成为人人可以理解和掌握的居住常识。

一、中国风水学的基本架构

整体上说，中国古建筑由三大理论系统构成，即由中国古风水学、中国建筑营造学和中国造园学构成。其中中国古风水学是最重要的部分，体现着中国人灵魂深处的生活理想追求，直接影响着王朝兴衰、政治风云、家族繁衍、区域变迁、个人命运、富贵贫贱。故此风水术士一直对中国社会有着神秘的影响，言者凿凿，闻者恭如。虽乞儿闻吉言而雀跃，诚王侯听危词而动容。

中国风水学宣称其理论依据是易理易构，弘扬天人合一的思想。概论之，其由形法和理法构成，万法归宗，罗盘是这一庞杂理论体系的最后表征物，因此，不通罗盘即不谙风水。人们通常把不识罗盘的风水看法，当成街尾巷议，不会太认真对待。

梳理古风水学的内在结构，其理论架构主要为天、地、人三才的处理方法。天理中涉及季节变迁、灾情变化、气流风向、雷电、太阳、月亮、星辰和方位等对人间影响的规律。

在地理层面上，主要研究山川、河流、树木、潮汐、地形、土壤等方面对人居的直接、间接的影响。

在生命层次上，则主要关注人的生老病死的变化周期性和内在规律。

中国传统思想认为，生为寄居、死为永归，生于世上是一个暂时的旅程，因此，死的归宿地有时比生更重要。由此，中国风水术又分堪定阴宅和阳宅二类。而且阴宅常常比阳宅工程更大，更辉煌。如秦始皇陵等。

复杂的风水理论，都恪守天人合一、阴阳平衡、五行生克三大古典的原则。无论是千尺为势、百尺为形的分类，还是以罗盘为导向的峦头法：觅龙、察砂、观水、点穴、取向，以及寻求整体上的内敛向心，围合调场的追求，可以明确地找到其理论根据，无非是以下一组传统文化理论工具：

阴阳五行、相生相克、干支生肖、四时五方、河图洛书、八卦九宫、七曜九星、四季节令、星象分野、北斗七星、二十八宿、原始传说。

理气法追求形以目观，气须理察，体用相顺；符镇法则分二类，一类为方位符镇，一类为时间符镇，前者对不吉处设置避邪物趋利避害，后者多利用文字符，对特定的日子、特定的行为（如动土日、出行日之说）进行规避。

讲求藏风收水、天人合一的风水学思想，我们发现，其内在的价值追求，用现在时髦的语言可以概括为：

追求人文景观与自然景观的和谐统一；

追求人工环境与自然环境的和谐统一；

追求人与天地间的自然协调，同频共振。

例如对住宅的理想追求，要先察住宅的出入，当有自然的风口，明暗隐掩要适宜，最好水口要曲折有情；地势宜前低后高；最好的住宅方位应背山、面水、向阳。

居者当卜宅而居，择地而建。其地当土色坚厚、四面之风不冲，尤其没有地下风，追求山的深藏周纳，地势高燥，水当环流而不近浸，这是风水的基本意义。

此外要追求整体建筑的和谐，用建筑的布局、空间分割、方位调整、色彩运用、图案选择种种风水学中特有的隐喻和象征，达到身心之和。

中国古风水学的内在结构，剥开层层迷雾，可以简单概括为如下中国哲学意义上的追求，以及在住宅与建筑中的直接运用：

1）与自然的和谐相处；

2）同天地的顺取逆避；

3）人生短暂当生活至上；

4）行止之中当身心诸安。

但令人遗憾的是，这种追求因为掩盖在几千年的历史尘埃中，被各种神秘的说法左右，反而失去了明确的指引和形态。这不能不说是中国文化的一大遗憾。如果风水学有一个明确的框架跨越历朝历代的话，中国目前的村舍田畴就不致如此凌乱不堪了。现实的混乱正是理论混乱的具体表现。

二、风水学理论的现代探索——理想景观

风水学在科学昌明的今天已式微。一般的社会公众并不会把它当成一种认真的学问。然而，现在人们开始从新的审视角度研究，完全是受西方当代社会思潮影响的结果。欧美经过工业革命后，从独特的角度开始审视人与自然的关系。

现代生活中的三P问题，即贫穷、人口和环境问题（Poverty、Pollution、Population）让西方的智者们认识到：住宅不仅是装满各种电线和设备的机器，建筑本身是有灵性的，有生命的。

学者们在此思想驱动下，发现的确存在一种“住宅病”，即人体30多种疾病直接同住宅有关。

城市规划学者们也发现，城市内的热光声和绿化、水体、风向以及人居环境和休闲环境设计，深刻地影响着人们的生活甚至城市的兴衰。

因此中国严肃的建筑学者们也开始认真研究中国风水学问题，并由此逐渐形成了关于理想景观研究的成果，这也是对当今社会变迁的一种回应。

比较研究发现，西方建筑强调视线通畅，对制高点和视控点有偏好，而中国风水建筑中则强调隐藏及屏蔽性的空间结构。

如传统语言描述的好风水为：左青龙、右白虎、前朱雀、后玄武——要求玄武垂头，朱雀翔舞，青龙蜿蜒，白虎驯俯。用现代语言可翻译为：穴场于山脉止落处，背依绵延山峰，附临平原明堂，穴周清流屈曲有情，两侧护山环抱，眼前朝山，案山拱揖相迎。如北京明十三陵为江西风水名师廖均卿费时二年堪定的皇陵选址，即按照这种思想原则。

好的风水，实际上是在围护与屏蔽、界缘与依靠、隔离与胎息几个因素中寻找协调，并注重豁口与走廊，利用小品与符镇来调节，如亭桥阁塔门和风水林等，借此达到一种心理上的满足。

因此，有学者把中国风水中的理想景观归纳为一种形象的比喻：山中或山边的葫芦。如昆仑山模式：高峻山上的孤岛；蓬莱模式：海上的仙岛；壶天模式：小壶口式的入处加阔大壶腔；陶渊明模式：曲折的走廊，出现豁口，内里有一个盆地；以及山水画式的丘壑内营。

这种理想模式隐含着庇护、捍域、隔离、空间辨识的几重含义。

如风水亭、塔是关于领地的声明，门、牌坊、照壁可以避邪祛凶，风水林可以聚风藏气，四合院则强调围合成理想居住环境。

应该说这种理想景观的研究，是传统风水学的极大进步。但是，对比古典风水学的内容而言，也有明显的不足，即其所涉及的层次和范围远比传统风水学要小，层次要浅，尤其不能全面体现传统风水学的哲学层面及人生观的追求，对现实的指导性也不明确。无论如何，作为一个好的开端，这种研究开创了风水学的现代研究方向。

三、风水智慧的现代指导原则

在欧洲的山区考察，我感觉最强烈的是教堂建筑。作为社区的中心和致高点，它极好地实现了提纲挈领，统领整个社区的作用，从而成为整个社区的灵魂。当教堂的钟声响起时，社区被笼罩在一种安详的关照与抚慰之声中。

离开宗教信仰层次，教堂建筑作为社区之魂含义深刻；没有向心点和核心的建筑群落就是一盘散沙。

但目前中国式社区建筑又不可能建设教堂式建筑，那么，这种社区凝聚力如何在中国社区中表现呢？这个问题促成重新思考中国古风水学的思想。

只有把中国古典风水学中的深刻思考，条理清晰地总结出来，剥除那些神秘的外衣，合理地发展对现代生活有用的原则，真正对现实生活有指导作用，方为上策。

归到根上，东西方对环境、居所的追求，其实是一种最终的生活哲学的体现，它以物质形态的房屋为载体，以选择与规划社区思想为经纬，最后呈现给世界的是此世的理想生活的追求。

杂乱无章的社区正显示其居民精神追求的贫乏，当即时的、浅层次的满足成为人们追逐的浮光时，追求神圣的宁静和感觉便被人们指斥为虚无和浪费，从而予以抛弃。物欲的过度追求其代价便是破坏人与自然的协定和最终的和谐。

当我们已失去了各种宗教信仰后，我们当如何塑造社区的中心和凝聚力呢？现在建筑似乎不再关心对永恒世界的叩向，包豪斯运动的结果，使房屋与建筑甚至城市都变成了速朽的消费品，像洋快餐一样由生产线生产，随时可推倒重来，巴黎、罗马式的永恒都城和建筑已经过时了。尽管科学与宗教的争论并未停止，人们对生命的追问比任何时代更迫切，也更迷惘。

由是，如何为社区营造一种向心力，一种安心的感觉呢?

其实这是一个没有答案的问题，但如果能够意识到这一点，也许我们的建筑和规划会稍好一些。

在德国山区沉思，通过东西文化的比较，我发现处理人与自然关系上，东西方两者均有人对自然的核心原则：

顺取逆舍、趋凶避害、倚重得当、身心诸安。

以此出发，对于现代理想的风水环境，便有如下的基本判断：

屋有所倚、眼有所望、闭合有度，

动静适宜、家有所养、心有所归。

按现代人生活环境的特点，现代风水应该从简单的规则出发，能够让普罗大众把握和运用，在这个连爱因斯坦的相对论和霍金对时空的研究都能够科普化的时代，这是一门见得阳光的科学应走的路。

顺乎自然，应该是风水判别景观的基本出发点和原则。在具体的场景观察中，应依“辨七向一景”作为过入点，即：

辨七向：为山向、水向、风向、声向、光向 、路向、朝向。一景：是指周围景观及环境。按照阴阳燮理的原则，当七向明了时，自然环境中对人的影响的主要方面均已包罗无遗。所以，把古典风水学思想现代生活化的思路，如果概括起来，可以用如下的原则表述：

光为向阳，声为和鸣，山为拱卫，水为致远。

风为除浊，树为聚气，家户有靠，错落有致。

散乱有序，清浊有别，升降有道，动静有度。

最是凝重，社区之心，全民之求，不可不慎。

念念在口，时时在眼，人神分明，礼法有规。

神界人界，各得其居，安神养身，永保康宁。

天地人失序，人生浮躁无归，心如弃儿，是社会追求过度的物欲的结果，现代风水学的原则，也许能为社会找到一种和谐的秩序和安静，一种自得其所的人生享受。（广州 2003）

儒学文化如何面对现代生态困境

现代生态问题是工业革命的直接结果。自17世纪以来，特别是在刚刚过去的20世纪，人类科学技术飞速发展，人类在征服自然的同时，也出现了很多与生存状态密切相关的环境问题，自然资源日益枯竭、生态环境日益恶化已成为现代生活的主要特征。从时间跨度看，东方哲学里儒学学说长达两千多年的传统，既不是生态哲学的起点和原因，也不是对生态问题所总结出的理论和所导致的结果，因此，从这个意义上说，生态哲学和儒家学说并没有必然的联系。

生态哲学一般是讨论人与人、人与自然、人与社会和谐共存，社会全面可持续发展等课题的学问。而儒学的研究传统正是始终关注人的问题，如人与人的相处、人与社会以及人的独处。这两者之间，有许多议题十分相似。从这种意义上说，儒学作为一种全方位思考人类社会和人的生存状态，不断发展演化的学说，是有独特传统的观察世界的方式。在世界文化多元化发展的今天，各种文化之间融会贯通的全球化时代，对于生态文化这种正迅速发展的新的思想形态来说，用儒家的视角进行比较研究，又可以提供很多有价值的见解。

生态问题的提出，可以追溯到1972年在斯德哥尔摩联合国召开的人类与环境会议，该会议上通过了著名的“人类环境宣言”。大会面对人类社会经济增长的极限、能源危机等问题提出了一个全球性可持续发展的模式。要求人类在保护自然环境的前提下，认真考虑人与自然生态系统的相互依存关系，并考虑代际公平和代内公平等社会目标的实现。目前，生态哲学已经发展成为对人类决策和行为有重大影响的主流思潮。

总结目前面临的生态问题，主要包括两方面的内容，一是自然生态环境问题，如生存环境日趋恶化，能源危机、环境污染、水资源短缺、气候变暖、土地荒漠化、动植物物种大量灭绝等灾难性的现象，正日益威胁着人类的生存发展。二是社会生态问题，人类要生存发展，必须组建成特定的社会形态。在目前全球人口极度膨胀、全球化趋势势不可挡的社会环境之下，什么样的社会形态最有利于人与自然的和谐相处，人与人该如何相处，人又该如何独处？都是属于复杂的社会生态问题。

就目前的研究来说，西方社会从自然生态的意义上进行了广泛的科学研究，并产生了许多有价值的研究结论，建立了复杂的学术体系。但现实世界的实践证明，仅仅从技术手段和科学意义上，并不能完全解决人类生存环境的全部问题，人与自然的互动关系，并不能完全按物质世界的规律进行处理。也就是说，人类面临的生态环境问题的完整解决，必须从自然生态和社会生态问题两方面寻求更全面的解决方法。

传统儒家文化不曾面对的生态问题

目前中国土地使用和规划方面面临的许多复杂决策问题，就是中国生态问题的集中体现。笔者作为土地规划的从业人员，在此以自己亲身考察的案例以资探讨。大约在十年前，我曾经在孔子的故乡曲阜参与研究过当地的区域旅游规划问题，并较系统考察过当地风貌。当时我们就为生态环境问题所困扰。我们曾经假设过，如果让孔子现在突然回到他出生的故乡时，他将如何思考和回应他所看到的自然环境中的生态问题呢？

我们曾对孔子在《论语》中提到过的，现在仍然可以对应观察的山水环境和地点进行了大致的考察。如《论语》中谈到了泰山，孔子曾感叹道“泰山其颓也，哲人其萎也”；在黄河边孔子也曾感慨时间的流逝：“子在川上曰，逝者如斯夫，不舍昼夜”（论语《子罕》）。

特别是，孔子在与他的学生子路、曾点等讨论人生理想时，曾点谈到自己的理想生活是：“暮春者，春服既成，冠者五六人，童子六七人，浴乎沂，风乎舞雩，咏而归”（论语《先进》），孔子听后大加赞赏说，“吾与点也”。

也就是说，我和曾点的想法是一样的。在这里，孔子和学生们谈到了沂水，也就是目前曲阜城中的小沂河，他们讨论的是在小沂河中游泳的生活趣事。

如果现在孔子能穿越二千多年的时空回到故乡，他会发现他曾经生活的环境都已经变了。泰山显然再也不是那种难以攀登的高山。目前每年约有五百万的游客，冲着泰山这一世界自然文化遗产前来观光游览。人们通过泰山的索道，大概只用半个小时左右的时间，就可以从山底直达山顶，泰山之巅不再是可比天庭的神圣之地，而是一个游客密集的所谓“天街”。人在高山面前，不再像历史上那样充满敬畏；而是有了如飞鸟般的自由，胜走兽般迅捷的瞬间移动能力，人们的态度也由此从仰视变成了俯视。

黄河的情况也不容乐观。黄河在两千多年的历史里，尽管下游经历过多次改道，但在济南附近大概还是故道黄河。但现代黄河最大的特点是已经逐渐演变成了一条悬河，河堤之高已成奇观。那滚滚的黄沙依然在流淌，但由于季节性缺水，黄河已经常出现断流的现象。

小沂河作为曲阜的母亲河，南通临沂市，可连接京杭大运河，目前的生态环境更不容乐观。周边工厂排污和城市生活用水的汇入，使得在这条河里根本不可能像两千多年前孔子时代那样下河游泳，淤塞的河道周边也没有像样的景观可以观赏。也许近年来政府的治理计划，会使得这条河流的情况有所改观。但孔子如果要自由地在河中游泳，回味一下旧时的生活，短期内恐怕是万难的事。

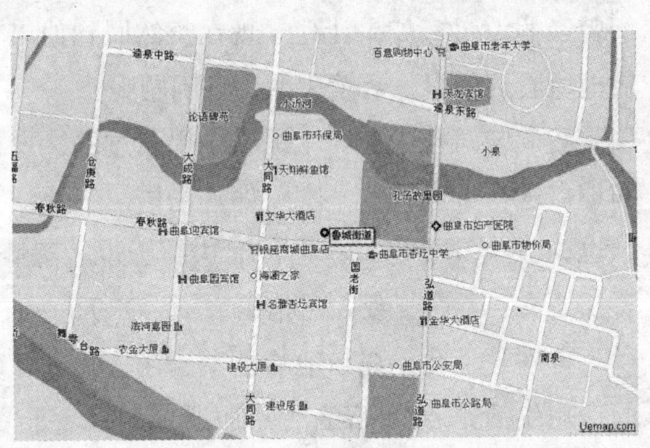

小沂河在曲阜市的位置

而这一切问题，都同现代人的土地使用方式有关。孔子将面临的最大惊讶，应该是巨量的人口挤在他的周围，对他的生活和思维形成的压力和震撼。因为据目前的研究，孔子时代全中国的人口数大概是两千万。但是，目前曲阜东南面的临沂市已有七百多万人口，北面泰山区域的泰安市更接近六百万人口，仅周边这两市目前的人口数已超过1300万，如果加上济南人口总数，这个数量已经远超过孔子时代全中国的人口数。

孔子所曾提到的沂河景观现状

生态环境的变化、人口数量的巨量增长，高耸入云的现代建筑，车水马龙的现代生活，一定让回到现代社会的儒学鼻祖孔子大感惊讶。面对芸芸众生的目光，孔子这位伟大的先哲，能够提供什么样的意见给现代人呢？

科学主义无法完全解决的土地生态难题

面对现在社会生态环境不断恶化的情况，生态哲学、生态伦理学以及生态学的思想成果正在不断地向各个领域渗透。其中，在土地规划方面，用生态学的方法对城市、乡村、海洋、陆地、植被、气候等进行系统研究，并进行系统规划以避免历史上环境问题的弊端，实现可持续发展的原则，已成为土地规划界的基本共识。

在对土地的生态规划研究成果中，要首推美国宾夕法尼亚大学教授麦克哈格（I.L.Meharg，1920–2001）。他是1990年由乔治·布什总统颁发的全美艺术奖章的获得者，该奖项表彰了他在运用生态学原理处理人类生存环境方面做出的杰出贡献。他所主持完成的美国里士满林园大道选线方案，费城大都市开放空间研究，沃辛顿河谷地区以及波托马克沿河流域研究等项目，为人们探索生态规划原则提供了一种方法论，是目前各国规划人士推崇和竞相模仿的范例。

他认为，地球实际上就是悬挂在宇宙中的一个大的飞行仓，这个系统资源有限，相对孤立，很难取得外援。因此，要妥善地对待这个飞行仓中的所有环境问题，要不然人类会很快面对如何在地球上生存下去的终极性问题。

在土地规划方面，他特别反对过去那种仅仅只考虑空间的使用，忽略对整个生态环境进行人类适应性分析的规划方法。就区域规划来说，他会按照生态学的原理，首先研究土地的宜居性，对土地的坡度、地表水、土壤等地貌特征和历史价值、自然风景等进行详细的研究，按照需要保留的资源、人类的可居住性以及区域生态环境的完整性等多方面考虑，对规划区进行图层叠加，最后决定区域按生态学原则最合理的道路选线、居住空间、商业空间、保留区和休闲区，充分保留自然系统的完整性和人类居住的安全适宜性。

这种由生态学指引的规划思路，要求完整评估地层的地质、地貌、洪泛平原、土壤特征、陡坡、森林和林地，由自然特征决定开发强度，避免掠夺性的土地使用开发。如对不适合人类居住的河谷地区，坡度超过25度的山地，应保留森林面貌，不允许进行住宅开发。还要保留足够的绿色廊道，保存生态系统的完整性。这种规划思想，是建立在现代地理信息系统的基础上进行系统分析的科学结论，这一模式目前已普遍使用在对土地的评估与规划方面。

但是，这种仅仅从生态学的自然层面考虑生态系统的完整性的规划思路，在现实中仍然无法解决当今社会所面临的生态困境。

去年在四川汶川大地震以后，我曾经考察过遭受严重损失的什邡市，走访了灾情惨重的红白镇。从自然地貌来看，红白镇位于青白江的上游峡谷区，山坡坡度普遍都大于25度，极为少有的空旷之地，都已用于工业和市政用地。作为地震频发地区，按生态规划的原则，这种山地应列入不适宜人类居住的区域。从规划理论的角度，很易得出这种结论。

红白镇原有建筑聚落大多沿陡峭的峡谷分布

由于土地紧张，救灾工作只能在路边展开

但是，现实的决策问题却远比生态问题的理论研究要来得复杂，在讨论灾区的重建计划时，人们发现社会问题更加棘手。如果让河谷区域的所有人都搬迁异地重建，合适的地点选择将成为一大难题。四川本来就人口稠密，可使用的土地非常少，大量的人口搬迁根本不现实，强行迁移将破坏其他地方的生存环境，使得生态和就业压力等社会问题倍增。因此，政府不得已考虑的重建计划，依然是就地重建。但这将对生态规划原则提出严峻的挑战。

社会问题、社会认识以及社会利益的分配机制，在最根本的利益上制约着人们面对自然的行为，在中国如此人口稠密的土地上，土地规划根本不可能完全按照生态规划的原则实施。人与自然的矛盾，不仅充分地体现在对自然环境方面，更集中反映在社会矛盾上。生态和环境问题在严峻的社会选择面前，仅仅利用科学主义的手段是无法完全解决的。

儒家文化独特的社会生态视角

西方生态学的发展是西方科学发展的必然结果。西方科学注重于从物质层面上研究问题，具有很强的分析性。西方科学思维的模式，可以简单总结为这样的思维定式：一旦什么地方出现了问题，就应该进行科学分析，直到找到解决问题的最后物质载体，甚至最后的原子、分子，这是科学主义分析的研究逻辑。因此，在土地使用上，科学主义的规划方法主要停留在物质层面上的策略调整方面。

一个将建成地震废墟博物馆的工厂区

以儒家学说为代表的东方哲学，则代表了另一种截然不同的思维模式。那就是，一旦社会发生什么问题，应该追究的首先不是自然界的物质形态，而是人间社会中某些人的行为出了问题。应该检讨的首先是人的行为及准则。

如在儒学的天人观中，孔子主张人间君子必须上知天命，下通人事，要以天作为自己行为的准则。外部世界的一切，都是天意，天作为自然界规律的总汇和代表，是不可能改变的。人类只有不断地修身养性，来适应天意，并按天的安排去过自己有责任、有承担的生活。

在董仲舒的天人合一思想中，天人相应的观念发展得非常完整。所有人间的灾祸，都是天的意志的表现。人间君主是天在人间的代表，具有人格神的力量的天，主要降祥瑞和灾异来表达自己的意志，几乎所有我们现在称为生态灾难的问题都是上天的谴告。

儒学家不大去追究洪水、地震这些大的灾难产生的深刻的自然原因，而是首先提醒当权者要注意自己的行为。这也许是它的局限，但也是它的特点。也就是说，在儒家的理解中，天人有别，天人之间有界限，天是主导因素，具有深不可测的无限能力，人是承受者、适应者，是有限世界的寄居者，人类要根据天的表现及时调整人间治理的方法和策略，这样才可以趋利避害。总结为一句话，如果社会出现大的灾异，那首先一定是社会系统和人本身出了问题，应该从这方面进行深入的反省。科学的发展可以让人类在自然天命那里争得一些自由、夺得一些地盘，但天人关系的主次不会变，本质也不会变。

如果从这个意义上设想，当孔子回到现代社会他的故乡时，他会用在《论语》所表达过的相同的思路，来思考和回答现代的生态问题。

首先，基本上所有的儒学家都是入世的，他们不会消极地回避问题。历史上的孔子，就是有很强的社会责任感的人士，他不仅有改革社会的思想，并且有具体的行为。董仲舒更是献三策，对汉代政治走向产生了重大的影响；尤其他提出的"罢黜百家，独尊儒术"的思想，几乎奠定了中国封建社会的基本的政治伦理架构。所以可以设想，孔子一定是勇敢而冷静地面对艰难的时事，以积极的态度正面回答现实问题的。

其次，孔子会用他独特的视角来看待生态问题。他们会从人类社会目前的状态方面入手进行评估，生态问题无疑可看成是上天的警告。他会发现人的欲望在这个时代已经膨胀到了极点，人们不再像过去那样遵从天意和天道。人类庞大的人口数量，以及对消费的无节制的盲目追求，使得全社会已经进入一种不顾未来的狂躁中。这个世界一定是在主价值观上，在天与人的主次关系上，也就是所谓市场经济所提供的享乐观上，产生了具大的认知偏差，是人们推崇的物质主义与所谓的竞争意识造成了目前的困境。从这个意义上讲，《论语》

中所强调的修身养性的观念，需要在现代生活中进行重新审视，君子三省吾身的话并未过时。

再者，在体现平等、公平的社会制度方面，在人与人相处的道德问题上，人们需要深刻检讨当前的社会结构与机制。己所不欲，毋施于人的基本规范，应该成为人与人相处的伦理道德基础，要对形态冷漠、私欲横行的社会结构进行改造。不然，环境问题作为一种公权问题，不会真正被社会大众所重视。

所以在孔子看来，要解决这个社会面临的生态问题，除了科学研究的方法以外，更应该从社会规则方面提供新的解决之道，这就是重整伦理结构和社会道德，提倡个人修养，调整人类的核心价值观，重新思考人类的生存哲学和方式。

沿着这一思路，儒学家应该可以总结出一种新的天人感应哲学，天作为自然规律和环境的代表，和人类的关系正在发生变化。董仲舒曾经说过，“道之大，缘出于天，天不变，道亦不变”。这句话隐含的逻辑是说，天变，则道也变；因此，理解天意、适应变化也应该是儒家哲学的核心问题。阴阳五行相生相克的学说也许可以扬弃，但人类应该深刻反省同自然相处之道的话题却没有过时。

由此看来，对社会生态问题的治理，不仅仅是一种科学，更是一种艺术。儒家所提倡的君子之风、社会秩序、伦理道德、和谐和人的原则，正是这种社会治理艺术的表现。

儒学的视角是一种成熟的思考模式，像孔子那样始终关注于人间事物的思路，是东方哲学务实的体现，在现代仍然具有重大的参考价值。儒家学说是一种安身立命的哲学，一种生活信念的表现。儒家学说所提倡的自强不息、安平乐道的人生观，注重知行合一的信念，可以同科学精神交相辉映，在未来人们处理人与自然、人与人、人与社会的关系方面，成为全球生态伦理的基础。（深圳 2009）

明朝那两个远行的人

中国历史学家有一个明显的错误，他们在把徐霞客称为明代最伟大的旅行家时，显然忘记了比他早近百年的圣方济戈·萨勿略。

圣方济戈·萨勿略自1541年从里斯本出发，到1552年死于中国上川岛，不仅要比徐霞客的旅行从时间上讲要早几十年，而且路程要远得多，旅途要凶险得多。但萨勿略在中文世界却几乎寂然无名。

圣方济戈·萨勿略在马六甲旧城山顶的雕塑

用搜索引擎Google搜索一下，会发现有趣的结果。与徐霞客有关的词条有29.5万条，而圣方济戈·萨勿略仅1.01万条；如果用英文再搜索一下，Xu xiake仅1.39万条，而Saint Francis Xavier则多达300万条；相比之下，基督一词的中文搜索结果是354万条。显然，圣方济戈·萨勿略在西语世界的关注度，大约相当于“基督”在中文世界的知名度那样显赫。这说明，萨勿略在中文世界被严重忽视了。又或者，徐霞客的盛名有被过高称誉的可能。

其实这两个人的旅行有许多相似之处，其中最大的共同点就是，他们都是为宗教而远行。

先说徐霞客的远行。徐霞客出生于1587年，去世于1641年。因为是江苏江阴人，今年无锡还在搞一个名为“2006中国徐霞客国际旅游节”的活动，号召人们重走徐霞客的路。不过，组织者显然忽略了徐霞客远行的宗教目的。

从徐霞客游记中可以得知，在他早年即22岁到51岁之前主要是游览中国的东北部地区，在51岁到55岁时则主要向中国西南旅行。

1636年徐霞客大病一场，感觉自己时日不多，决定最后一次远游。在出发之前，就有叫陈眉公的朋友给云南鸡足山的僧人弘辩、安仁写信，希望他接待徐霞客。徐霞客的目的地是云南的鸡足山。

鸡足山位于云南大理白族自治州，为中国第五大佛教名山，是释迦氏大弟子迦叶的道场，明清盛时庙宇300多座，僧侣5000多人。这里的金顶寺东看日出、南观祥云、西望洱海、北眺玉龙。显然，徐霞客把这里作为最后一次壮游的目标，是在思考人生的终极性问题。

关于这次行程，在徐霞客日记中记载：当晚杜若叔来，酒至半夜，徐霞客乘兴上船，同行的有静闻禅师和一个服侍他的仆人叫顾行。1637年 1 月徐霞客过湘江，经衡阳、祁阳至桂林。1637年 9 月静闻禅师病倒在桂林，并在此去世，死前提出要葬云南鸡足山。

1639年 8 月，徐霞客抵达鸡足山。在与仆人顾行于悉檀寺观赏了著名的丁香后，顾行弃徐霞客而去。患难三年，顾行不辞而别，令徐霞客十分感伤。这也暗示，徐霞客的宗教之旅就此结束了。徐霞客赞誉了鸡足山的丁香，但却未提到他的宗教朝拜的感悟。

从徐霞客游记的原文看，那些御用的历史学家很无聊。他们在描画徐霞客记载中国的河山时，明显把徐霞客装扮成了一个现代概念的地理学家，进行了断章取义的夸张。而徐霞客提到的鸡足山的丁香，也就是他旅行的目的，他们却不置一词。

再说萨勿略的壮游。萨勿略出生于1506年，去世于1552年。萨勿略是耶稣会的核心成员，最坚定的传教士。

1525年，萨勿略在巴黎认识耶稣会的创始人，即西班牙老乡罗耀拉。罗耀拉问他，人即使赚得全世界，可是如果丧失了自己的灵魂，又有何益处？他由此感悟，并成为首批耶稣会成员前往印度传教。

萨勿略1541年5月6日到达印度的果阿，并持戒传教，1月中就有万人受洗。1545年到1547年到马六甲。1549年8月19日，在日本人弥次郎的引介下来到日本九州的鹿儿岛，成为日本第一位传教士。他时常在同日本人的辩论中获胜。日本人由此质问他，你的这番大道理既然是真的，为什么中国人不知道？

1552年，萨勿略组织赴中国的使团，要求参见明朝皇帝，但5月底被马六甲长官亚戴德扣留。由此，萨勿略决定偷渡进入中国传教。他以台山的上川岛为基地进行活动，但帮助他的中国人未能如期到来。12月3日，萨勿略因痢疾去世，年仅46岁。死前，萨勿略望着中国北方哀号：磐石啊磐石，你何时向我主开门？

后来，萨勿略的遗体被移葬印度的果阿。教会于1662年将萨勿略列为圣徒，墓地成为圣地。在现在的上川岛尚存一块纪念萨勿略的石碑。

毋庸违言，这两位旅行家也有巨大的差异。

徐霞客于1639年末返回故乡，并于1641年死于江阴老家。同萨勿略不同的是，徐霞客最终体面地死在自家的床上。他是那种中国江浙有钱有闲的地主，谨守儒家父母在，不远游，游必有方的教条。只有在积谷满仓，做好充分准备的情况下才出游，因此他的旅行是有基本保障的。他完成的内陆之游，主要对一个已知的中国地理版本进行了勘误和订正。

显然，徐霞客在科学思辨方面，尤其在视野方面有严重的局限。因为在他的时代，萨勿略的后继者利玛窦早已在中国绘制了世界地图。但在徐霞客那里，我们看不到任何中国内陆以外的，欧洲文明和海洋世界的信息，他看的所谓海，只是云南的洱海而已。本质上，他只是一个传统中国文人。

这同萨勿略死在遥远的异国他乡，面对不可知的世界完全不同。萨勿略从葡萄牙出发，经过4万里的艰辛旅程来到东方，在传教中终结动荡的一生，他只听从上帝的召唤，义无反顾，这需要一种大无畏的精神。相比之下，徐霞客的旅行几乎相当于在自家内院里的漫步。

史学家们对这一明显的差异表示沉默，这根本原因可能是因为天主教和基督教传教的问题。今天，当历史走过了随后的四百多年历程后，我们应当警醒了：如果仅仅从传教的意义上看待天主教和基督教，就是一种极其狭隘的政治伦理。

事实上，天主教和基督教是一个非常复杂的混合体，几乎可以视为西方文明的母体。萨勿略带来的不仅仅是一种宗教，一种信仰，它几乎是明清时代唯一的中西方文化对话的管道。它是世界另一极的思维方式和语词系统；它更是一种新的社会伦理道德规范和社会参与方式，它推崇商业发展，诘难、反驳和思辨科学问题，现代科学的发展同它难分难舍、密切相关。我们常常扼腕痛惜的中国近代没有出现科学技术革命的命题，同中国传统知识界无法与这种西方话语系统对话有很大的关系。

圣方济戈·萨勿略，这个客死异乡的人，这个中华帝国大门口的陌生人，带来了这个世界另一极的消息，他是地球东西两极对话的第一个信使。他敲门的声音太小，被屋里一片诵读四书五经的声音彻底掩盖。（澳门 2006）

中国旅游策划如何突破

我们最近完成的江苏吴江项目达到了一个较好的效果，基本上结束了业主长达一年多关于华东如何进行生态旅游开发的争议。沿着我们策划小组设计的问题解决路线图，我们找到了一个可操作的方案。这个项目的策划使我们有机会较全面研究华东的旅游现状。不但如此，最近我们对湖南、湖北、广西有关项目的考察和研究，也促使我们深层次思考中国旅游策划的问题。

总的来说，中国旅游投资表面利好，这同几个长假造成的印象有关。也同那个所谓的预言有关："中国将于2020年成为世界第一旅游目的地"。但是我们的观察显示，情况并不如此乐观。正如中国的历史进程一样，中国的旅游发展有其自身的发展逻辑。同世界旅游相比，中国旅游还处于现代化的前夜，中国的旅游开发依然还在沿着景观开发的老路惯性发展，结构性陈旧痼疾如旧。在一种盲目乐观的情绪鼓励之下，这一代投资者正在付出代价。就像太平天国要建立人间天国，"大跃进"的土法炼钢一样，历史在某些环节和气质上惊人重复。

华东的旅游发展特征明显。旧的景点主要是打江南水乡牌，周庄和同里是典型，古镇游泛滥江浙，项目基本雷同。如乌镇，游客基本上在街上转转就走人，最糟的是，街上的店铺基本是关门的，游客仿佛进的是一座死城。新开发的如西溪湿地公园、东方绿舟、华庄等，竞相打出湿地牌，基本上也是转一圈，吃个饭便走人。最令人担心的是萧山那个投资庞大的休博会，在萧山城市的死角上，做了一个庞杂的旅游超市，企图用房产实现投资回收，但车马零落，杭州人好像不买账，真有火烧屁股的焦糊味了。总之，为了从越来越严厉的房地产政策中突围，为了抢旅游经济这张虚幻的大饼，华东的旅游投资可谓乱哄哄，你方唱罢我登场。

问题的症结在决策层面。也就是说，旅游策划不受重视。许多项目的前期定位都是由设计院完成的。所以我们发现，有几个湿地公园的总规图布局惊人相似。翻翻那些由一些大学教授们完成的策划案就知道，那些照本宣科的方案大多是中国景观旅游惯例的延续，很难经受当今市场的考验。政府之所以请他们，主要因为他们在体制以内。

这迫使我们深思中国旅游策划的角色问题。同旅游规划仅仅专注于土地层面的建设方案不同的是，我们的理解，旅游策划关注更广泛的内容，是对旅游投资问题提供的全面的问题解决方案。这些问题首要的是投资营利模式的研究，其他如旅游吸引物的策划、市场竞争策略研究、经营与营销方式的确定等。

旅游策划始终关注的是未来人们的生活和休闲方式的变化。中国的旅游正在进行结构性改变，如果没有全球眼光，是看不清楚这些趋势的。我们觉得，中国的旅游策划要真正走向现代化，真正能够指导中国旅游投资，必须在如下几个方面有所突破：

第一，必须充分理解投资者的行为。这就是要学会站在专家角度为投资者考虑问题，因为投资者认定的东西未必可靠。如旅游地产的营利模式就有被社会传媒夸大的嫌疑。我们就碰到这样的难题，一个年游客量仅50万的传统景观旅游地，几十年来商业服务点的建筑开发已经过剩，投资者却计划新建几万平方米的商业面积。这时旅游策划者不能鼓励这种行为，仅像规划设计院那样为了接项目只一味去画图，而是要帮投资者找到满意的投资方案。

第二，要看得懂旅游资源，因地制宜设计旅游吸引物。中国目前新开发的旅游项目，旅游资源都很一般。因为千百年来，中国好的旅游资源均已变成景观旅游点了，很难轮到我们来开发。这就不可避免地使新开发项目只能走旅游超市的发展之路。所以旅游吸引物基本上是一个复杂的旅游产品组合概念，旅游策划者对这种配方方式要相当熟悉。

第三，要理解现代旅游产品的发展趋势。中国未来的旅游不可避免地要同世界接轨，未来产品开发应是休闲度假产品为主，这就是要强调旅游趣味，强调旅游的参与性和可重复性。在这方面，多体会东南亚一些国家的旅游方式，会很有启发。

第四，要有科学思维能力和专业眼光。中国的旅游策划不能老是忽悠一些节事活动，却对旅游区的道路应有多宽都不懂。人文地理学和旅游地理学应是我们判断旅游策划问题的基本框架。科学决策思维方式则是策划的思维基因。

中国是个刚刚能吃饱饭的国家，要实现那个所谓的“世界第一旅游目的地”梦想还有很远的路。这点我们要特别清醒。中国政府在高尔夫旅游、娱乐性博彩和宗教旅游政策方面如果没有重大的突破，中国旅游就依然处在现代化的前期。中国旅游者的素质如果没有实质性的提高，休闲度假式的现代旅游在中国就难以形成大的气候。因为高尔夫、滑雪、骑马、冲浪、潜水等休闲旅游方式需要游客是真正的玩家。因此，我觉得中国飞机场书店里那些漂亮的小资旅游书籍，诸如丽江温柔的阳光、迷人的江南风情之类，说明中国旅游还停留在古典情绪中，景观旅游依然主宰着中国，这是中国旅游策划的失败。

作为中国人，要客观评价中国旅游问题不容易；作为投资者却更难。当然，一个普通游客个人情绪的偏颇没有什么大碍，但如果一个投资者去随大流，若干年后回望历史，那你就发现自己只是太平天国的一名勇士，或义和团的一位满怀热情的猛将，冲锋陷阵的前面原来是一个巨大的悲剧。（上海　广州　2007）

休闲农庄项目策划的警示

今年（2006）的五一长假让我切身感受了来势汹涌的中国休闲浪潮，从深圳出来的所有高速公路上都塞满了车。我们在汤泉高尔夫球场的高速公路出口，为缴费就等了一个小时左右。在汤泉球场打球时，前前后后都是塞车，不时有巡场的工作人员前来催促我们要加快速度，使得打球的感觉就像赶火车一样。

无独有偶，最近又频频有旅游休闲项目的投资者同我们探讨策划问题，使我们有机会深入思考休闲旅游问题，尤其是休闲农业问题。仔细数来，包括三个长假期和双休日，目前每年国家规定的法定假期就达114天，这已意味着中国的城市人在每年三分之一的时间里是处于休闲状态。我想，这正是休闲经济成为投资者热切关注的原因。

但投资者的情况却并不十分乐观。总的印象，由于中国是一个庞大的农业国家，休闲农业是许多投资者十分热衷的话题。他们精力旺盛，但明显缺乏方向。在中国经济高速增长的光环掩盖下，投资者就好像精力充沛的农民那样忙着结婚生子，但无暇顾及优生优育、计划生育，项目策划和决策研究环节控制十分薄弱。

休闲农业旅游，包括休闲农庄、农业观光、农家乐、生态农业等形式，主要是指的利用广大的农村背景，把农业生产地区转化为城市休闲者服务的一种投资方式。其中，又以休闲农庄为主要形式。在我们接触的项目投资者中，几乎所有同农村资源有一定联系的人都觉得可以开发这种休闲模式。但是我们的研究表明，这种盲目的投资中充满风险。

简单地说，休闲农庄旅游投资涉及五个最关键要素的把握：第一，项目区位研究；第二，资源聚集研究；第三，项目产业链研究；第四，整体概念设计把握；第五，市场运作方式控制。

首先，所谓区位研究，是指休闲农业项目一定要考虑两大因素，这就是项目区域同城市的关系，以及项目所在地同高速公路的关系。

一般来说，项目区域同大城市相距不能超过1小时车程；或者，该区域应该在主要的旅游线上，同高速公路要有比较便捷的对接方式。

休闲农庄的目标人群是现代城市居民，他们的生活习惯多是沿着高速公路往周边蔓延。在高速公路大发展的中国，我们必须学会站在新的交通概念上理解未来的城市。尼克松说，“高速公路是改变美国的核心力量”，同样，高速公路也是改变中国未来土地使用方式的主要力量。汽车对休闲产业的影响非常巨大，如果休闲目的地同大城市和高速公路没有紧密的联系，休闲农庄项目就很难进入休闲产品系列，更不可能成功地大规模开发。

第二，关于资源聚集研究。通过对休闲农庄旅游的全球化思想采购，尤其通过对欧洲和我国台湾地区同类运作模式的研究，我们发现，休闲农庄旅游项目成功的核心因素，依然是资源的高度聚集和项目高科技含量的存在两者。

农业休闲是有钱、有闲、有车的人的一种新的体验方式。我们在研究欧美的农业发展趋势时发现，成功的观光型农业旅游表现为具有资源聚集性特点，难以复制和模仿。例如法国的葡萄园和酿酒作坊就有几百年的传统；德国柏林的大型农业科技公园，就具有很强的科技聚集性，包括名贵花卉的收采和珍稀动物大量培养从而形成的娱乐场所；法国的乡村旅馆则具有良好的休闲环境和森林资源。而我国台湾地区的观光农业则大都建立在原始森林中，或具有名、特、优、新的农作物地区，或有大型水面区域，或有原生态的自然环境作为核心资源。

目前广东省的农业观光景点大概有40多个。同样，广东成功的大型农业休闲项目也在极力营造资源的高度聚集，如顺德的新世纪农业园就在大型的餐饮方面做了很多工作，珠海的农科奇观更是引进了高科技聚集的概念。目前珠江三角洲每520平方公里，约60万人就有一个农业观光园，竞争是很激烈的。

随着休闲农庄向乡村度假型的转移，投资者也开始注重聚集效益的营造。如番禺的万亩葵园、百万茉莉都是用大手笔打造的大效果花卉景观区域；深圳的海上田园更是利用了滨海区的湿地生态系统。

在成都，据说目前有6000家农家乐。这些聚集于洛带镇和龙泉驿的农家乐项目，同样也有高度的资源聚集。这包括成千上万株的桃花，以及四川特有的客家文化内容。因此，对于休闲农庄的打造来说，如果没有独特的资源聚集和高科技含量，产生冲击力的可能性就比较小。

第三，项目产业链研究问题。如果项目位于旅游线上，那么它就能进入旅游产品系列，为整个旅游业服务。如果是一般性的农庄项目，其生产功能则依然非常重要。因为仅仅利用观光方式很难让休闲农庄赢利。因此，如惠东的永记生态园，所生产的农业产品都是出口到国外的，这一部分利润就能够基本维持整个园区的运作。当然，很多休闲农庄以良好的区位和生态环境自然向房地产开发转移，如中山的“海上庄园”营造了上千亩的荷塘，深圳的“青青世界”则通过旅游向房地产业发展，以收回庞大的投资。这就是通过旅游主题作为区域发展引擎，走向了为城市服务的另一产业链。

第四，关于概念设计。对于休闲农庄的策划来说，最重要的是设计概念。现在看来，休闲农庄的设计应该追求一种自然主义的风格，所有贴上欧美风格或者中国古典风格之类的标签都不太合适，应该根据当地的植被，环境进行自然主义的设计。我觉得，在这一点上可以借鉴西蒙兹（J.O.Simonds）的社区规划的新伦理概念。他作为美国著名的景观设计学的创始人，提出了新区社区规划的三条伦理：

一、保护最佳的自然和历史风貌；二、保存、限制使用互为联系的开放空间架构；三、开发选出的高地区域，依地势建房。

这就要求我们小心研究投资区域的文脉，并充分保留区域的传统框架和空间尺寸。从景观意义上讲，依地势建房并让房屋建在较高的地方，会产生一种比较好的视觉冲击力。

在项目设计中，农庄概念必须真正具有农村生活的性质和特点。农村和城市生活的最主要区别，其一是表现在时间点上，其二是表现在空间点上。城市生活是按小时和星期来安排生活的周期的；而过去的农村生活则使用月历，具有白天黑夜的明显区别，对月圆月缺的周期性比较敏感。农村生活也有明显的周期性，但是以家庭和整个社区文化为主轴发展的。在家庭中的生老病死，和在社区中从春节开始的周期性循环，具有强烈的地域文化惯性。

在空间结构中，农村还有明显的邻里之间的相互影响。农村的住宅，天地上下分得很清楚，不像城市的住宅由于经常使用木地板，因此可以赤脚在地下行走，甚至随处席地而坐。但是在农村必须行必履、坐必凳，由于环境和自然之间区隔不明显，室外的小动物有可能进入房间，因此所有的东西都必须摆在合适的地方。如此等等，这种空间的使用深刻地影响着人们的生活习惯。

农业休闲项目设计必须从下意识里唤起人们对乡村生活的回忆。这包括周边的环境以及对时间、空间的感觉，对邻里关系的理解。因此这还不仅仅是对区域贴上各种标签，而是要强调一种自然的相融性，对人文精神共存共融的思路。因此我把农业休闲项目设计的自然主义设计思想归为自然协调、文化包容、合理尺寸、地方精神、舒适方便和充满趣味几个核心要素。

第五，市场运作问题。农业休闲项目对过惯了城市忙碌生活的人来说，时间一长，就有单调乏味感。这对项目市场经营是最大的挑战。因此，必须在项目运作中不时注入一些新的概念，即根据游客的特点设计，如对于短程的家庭性游客，可以设计成旅游超市的概念，把儿童、妇女和家庭喜欢的旅游项目做成一个常常更新的区域，增加生活的情趣。还可以设计一些运动性的概念，如网球、高尔夫球。对于目的地的夜间生活模式，也要从规划上事先考虑。还可以用一些会议旅游和拓展训练基地打破5+2模式的影响。

尽管中国的休闲浪潮发展迅猛，但从全年的经营情况看，休闲农庄整体的盈利情况并不理想。因此，农业休闲产品能否成为未来旅游业的主体产品，仍然存在疑问。目前广东旅游的三大主流产品分别是温泉、高尔夫和美食，也许，农业休闲产品同这些主流产品捆绑，注意聚集效应，会有更大的胜算。现在，中国的休闲时代真的到来了，但我们却需小心应对。（广州 2006）

我们为什么可以做旅游策划

记者：我们注意到，几年来，你们完成的旅游策划和规划顾问工作涉及武夷山、神农架、湘西凤凰的有关案例，最近又涉及高尔夫区域旅游、农庄旅游、湿地公园、城市旅游等复杂的策划主题，中国有那么多的规划设计院、大专院校的旅游研究机构和旅游设计公司，按道理讲，这些项目都是由那些权威的旅游研究机构完成的，为什么你们能够开展这样的策划呢?

答：这是一个很有趣的问题。此中的核心答案是，中国旅游投资者已经开始认识到，策划和规划有很大的区别，两者不可代替。

坦率地说，我们所完成的旅游策划案例，基本上都是由中国那些著名旅游设计单位做过一次的了。他们都挂有这个和那个有名的头衔，完成了厚厚的一本规划图册；其中也包含策划方案，至少会有市场分析部分；这些图都做得很漂亮，但发展商几乎对这些文本中所谈到的策划方案都很不满意，我们一般都是在这种情况进入旅游策划领域的。

也就是说，发展商同那些旅游规划单位明显产生了冲突，双方各执一词。发展商认为，这些旅游规划单位所完成的策划和规划方案，只是一些资源调查的清单，用一些很专业的名词进行了资源归类，什么自然资源、人文资源等等。根本不能满足发展商对旅游项目进行整体运作的要求，尤其不能适应面对市场的复杂局面，旅游规划设计单位是花架子，不懂市场；但这些旅游规划设计单位又认为自己做得十分专业，是发展商见钱眼开，没有文化。通过几年的实践，我们在这个领域中已发现了发展商和旅游规划单位之间巨大的差异和矛盾。

记者：那你认为问题出在哪里？我想投资者一定是遇到了问题，他们的争执大多应该不是无理取闹，他们没有必要去得罪那些权威机构，甚至常常搞到不付款。他们面对市场，有自己的压力，他们需要一些让自己相信的东西。

答：正如马克思所说：他们没有能力表述自己，他们必须被表述。他们的状况和面临的投资决策方面的真问题，必须深层分析，这需要经验，否则所有的对话都会言不及义。所以，策划者首先是问题解决方案提供者。这一点是许多规划单位根本无暇顾及的，他们几乎所有的方案都是一个模式，内容结构可以相互照抄，一个方子治百病。

这些年，我们学习了国内许多制作精美的旅游策划和规划方案，慢慢也熟悉了那些套路，有些事件的确已不能无视。总结起来，这些旅游规划和策划不能够适应市场的主要表现有：

第一，自言自语，编写故事。我们发现从宏观面看，中国的旅游规划往往不会同城市规划进行协调。在城市规划中所认定的某些功能区，如工业区、保护农田区、住宅区等，往往被旅游规划进行了美化和忽略，旅游规划无视城市规划的存在，也不同城市规划进行原则性的协调，这样使得旅游规划看起来很漂亮，实际情况满不是那么回事，因此根本无法操作。

第二，坐井观天，夜郎自大。中国的旅游规划文本中行政区划概念太强，这几乎是一个通病。往往一个小小的城市在做旅游规划时，就会强调要形成本市范围内的旅游体系。所有涉及山、海、泉、湖、城的旅游产品无论大小，都会按游线形成一个完整的旅游区域。这同人们的旅游经验是两回事，根本不可信。因为在一些小城市中，可能仅仅只有一到两个点是可以旅游产品化的，而大量的只能是城市的休闲公共空间，根本不可能产品化。这种以行政区划来强迫旅游产品设计系列化的自以为是心态，是一方政府坐井观天，夜郎自大的表现，说明他们根本没有全球旅游产品谱系概念，规划及策划者在这点上不应该推波助澜。

第三，随意设定，无视市场。许多旅游规划没有完整的旅游产品概念，只是对旅游资源进行简单的整理。其实，旅游规划应该区分可以产品化的资源和不可以产品化的资源，不能将一切带有文化和自然资源性的东西都进行简单的产品化，进行庸俗化的旅游解说，这种将资源等同于产品的思维，说明设计者根本没有市场概念。对市场的漠视，还表现在对市场分析方法非常幼稚这点上，如设定游客每年增长25%，设定消费额为每人200元等，根本对市场没有进行结构性分析的概念，缺乏决策的基本数据。

第四，似是而非，囫囵吞枣。这些旅游规划和策划往往也对世界上各种各样的案例进行分析，声称对全球的旅游规律进行了研究，但是实际上大多不着边际，似是而非。

如最近频频出现在一些设计院报告中的所谓生态旅游、荒野旅游等等，动不动就拿美国的例子进行类比。其实，在美国之所以能开展比较大规模的生态旅游和荒野旅游，首先同美国国家的经济发展水平有很大关系。美国的家庭大都购置了SUV四驱动的越野车，这种车能够把一个家庭带到任何想去的地方，这是开展荒野旅游的重要交通条件。

而中国刚刚出现个人汽车消费，大多数人使用的都是城市用汽车，在较为边远的区域进行长距离的旅行，旅游配套和补给线明显不够。如大家可以看得到的在黄山、泰山、张家界等地，中国的旅游补给主要还是靠挑夫每天10元、20元的报酬来挑货。因此，用美国观念套中国国情很危险。

第五，视野有限，冒充内行。中国的旅游策划和规划人员许多缺乏专业精神和素质。这首先表现在旅游规划和设计单位过分迎合业主的要求，跟着业主的感觉走，专业性不硬。

其次，尽管一些名家拥有博士导师或者其他一些显赫的称号，但他们基本上不会玩。既不会开车也不会打高尔夫；甚至在城市里连路都找不到；对宗教旅游指手画脚，但是见到和尚、道士几乎无话可说。一些规划设计人员往往连五星级酒店都没有住过，也没有什么旅游经验；划船、滑冰、开车、跳舞、骑马、钓鱼样样不会，欣赏咖啡、雪茄、红酒等一概茫然，但却在可笑地指导别人怎么样进行旅游。

更有甚者，那些还未走出大学校园、需要锤炼的新手们，挂着什么导师和学院的名义，却敢对复杂的旅游资源指手画脚，重复他们从课堂上听来的陈词滥调，动不动在图上画出一个圈，认为这是一个旅游区、一个什么组团；但除了图画得很漂亮之外，其实根本连一个项目也活不了。如此等等，应该承认，中国目前旅游策划和规划人才正处于青黄不接时期，根本无法满足中国休闲投资的热潮。

记者问：面对这种复杂局面，你们如何进行旅游策划？如何处理策划和规划的关系？你对中国的旅游投资者有什么忠告？

答：我们同样在很多旅游领域也是新手，但我们牢记为业主解决真问题，遇到问题时知道怎样学习，进行全球化的思想采购，以及对项目的营利模式会进行深入的研究，我想这才是中国旅游投资者真正想要的问题解决方案，规划在这种框架下运作才有市场价值。

我们特别注意同市场的对接，这可能是许多业主找我们讨论旅游策划的原因。我们总是强调站在对问题的全面分析基础上，真正为业主解决真问题。几年来的努力证明，我们的机会不是任何人恩赐的，而实实在在是市场给的。

另外，我们一方面密切注视着全球各种旅游资源进行产品化的方式和方法，另一方面我们也很喜欢玩，不怕花钱，并把这种生活方式当成一个工作，从玩中把握旅游策划和规划的精髓。

我想我只有一句忠告：当你聘请旅游策划和规划人员的时候，首先要看的并不是那些漂亮的图文案例，而是问他到底有没有旅游经验，会不会玩，会玩一些什么项目？有一些什么样的旅游感悟？我想，只有热爱旅游、身体力行的人，才能胜任旅游策划和规划工作，从事旅游工作最需要热情。（广州 2006）

四　坐而论道

日本著名剑客柳生曾经问道于师傅宫本，自己要多久可以成为一流的剑客？宫本说要十年。柳生不甘心，说如果我加倍苦练呢？宫本不假思索地回答，那就需要二十年了。

宫本解释了自己的看法：如果你两只眼睛只盯着一流剑客的牌子，还哪有时间审视自己，进行思考呢？

道不远人，道的传承就在我们日常的交往中。但无论是理解历史文化，还是理解土地与规划之道，都还在于静虑深思。

孟大强规划思想的六字真言

在孟大强先生的规划思想中，有三个关键词。这便是“交通”，“尺寸”和“变化”。笔者称之为孟大强规划思想的六字真言。

孟先生认为，现代城市与区域规划，核心的内容是考虑交通的变化及安排，“交通”是理解城市变迁与发展的金钥匙。一个动态规划，实际上是以对交通的合理安排为前提的。

在建筑领域，孟先生特别重视“尺寸”的把握。细究起来，他所称的“尺寸”实际上是一种和谐、平衡的审美原则。这是个含义十分丰富的词，可以指称大小、长短、轻重、疏密、高低等许多关系。这不禁使笔者联想到，早期的量子力学家们对数学方程的形式美的追求，美就是真。

此外，孟先生还强调规划要有可变性，一个好的规划应让社区自然生长，而不是一次就画满。

孟大强先生在作规划讲座

2004年6月6日，著名规划大师孟大强先生应邀在武汉三特集团公司主讲规划专题，系统介绍了深圳华侨城自1985年以来的规划发展情况。

孟先生从其几十年规划的实践出发，阐释了自己的城市与区域规划设计理念。他对城市交通的把握与建筑尺寸的感悟，以及他所谓的动的规划的思想，充分反映了世界先进规划理念的内涵。其间，孟先生妙语叠出，现根据笔录，撮要记之。

1．对于规划师来说，一个人的自身素质是最重要的，一个人的语文也是很重要的。有了这两样，即使是塌鼻子、黄皮肤也一样被世界接受。

2．华侨城的建设说到底是一个工程，没有什么神奇。好的业主是成功的一半，马志民先生就是这样的一位业主，他能守，守住规划最初的一些重要原则。

3．我很热爱我的职业。总结几十年规划生涯，我有三条经验：

第一，任何事件都是过程，不是结束，因此我们需要左顾右盼尊重前人与别人，有机地融入历史情境中；

第二，唯一我们今天知道的是，明天同今天会不同，变化是永恒的；

第三，对于区域发展来说，好东西要逐渐发掘，不是一下子挖完，否则便是杀鸡取卵。华侨城三年见效，但至今尚未建成，这就是区域的自然生长。

4．中国规划中用地太浪费了，荷兰的道路宽为3.25米，日本为3.1米，中国则为3.75米，中国的道路最宽，但车祸却最多，这值得深思。我们对开车的人太宽容，我们在规划中要区分通过交通与服务交通，在服务交通中，行人应该优先。

5．要让普通市民有远见是困难的。但社区发展却是为市民服务的，今后的使用者也是他们，因此规划师要同市民多沟通，要宣传，让市民参与，这样的规划才有持久性和生命力，规划是合作，是双赢。

6．新加坡地少人多，但仍有27%的绿化地，这原因在于适当提高容积率；东京现在铁路边和以前没人住的水边地最贵，这一切都因为合理的规划。新加坡人以前白天不敢上街，太热了。现在环境改变了，大白天也可以上街逛了。

7．一个汽车站的距离为400米，我们要观察一个母亲带着小孩是如何走完这段路的。规划应照顾这些最弱小的群体，要找出方便和省力的路线。

8．新加坡给我的印象是，只要是合理的，你就可以坚持，可以去争辩，去斗争，最后你总可以得到满意的结果，总会有个说理的地方。

9．中国目前旅游的浪潮才刚刚开始，有似20世纪60年代的德国。有一个经验：欧洲旅游城市并不是刻意设计出来的，而是长期逐渐形成的。规划就是把一些突出的东西不断强化、凸显出来。这个前提就是尊重历史，尊重城市发展的过程。这就是动的规划。

10．好的规划不是一次画满，而是留有余地，允许区域有机生长。华侨城在20世纪80年代规划为山城、水城、海城三个区域，现在波托菲诺的地方，就是当时规划为水城的区域。在自然生长中区域才能充分体现其价值。

以笔者的观察，孟大强先生的规划思想有强大的欧洲文化背景，也有深厚的中国文化参悟。然而，尽管有华侨城规划这样成功的案例，但孟先生的思想却仍难被大陆同仁广泛传播与认同。他在大陆那些到处打方格，按平方米计算费用的规划界，依然属于少数异类。他在大陆穿行20多年了，依然是背着学生式的行囊，倔强而孤独。这使我不禁想起孔子晚年的名言：沽之哉，沽之哉，吾待贾者也。（广州 2004）

直言不讳：做规划是一种坚守

大师为城市带来价值。应浙江湖州有关部门的邀请，著名新加坡规划师孟大强先生对南太湖旅游区进行了两天的考察。期间，孟大强先生凭他几十年在全球从事规划的经验，对南太湖旅游问题进行了深刻剖析，并对中西规划的同异多有论及，现撮要记之。

● 湖州那家西班牙风格的“哥伦坡城堡”度假酒店，为什么能吸引德国人来度假？我看最重要的是酒店的风格，设计中表现出来的悠闲和度假的感觉。从建筑上看，这就是一种整体意识之下的“乱七八糟”：复杂而多样的空间，不合规范的窗，客厅里保留的山岩，不合所谓消防要求的走廊等，营造出自由放松的感觉。在法国的尼斯，你行李还未放下，腰就随着街边的音乐扭起来了，这就是商务酒店同度假酒店的区别。

● 宗教不是用来炒作的。宗教场所要卫生、有条理，这是最起码的，要表现出对宗教的足够尊重。这就涉及规划管理问题了，所以规划不仅仅是画张图就万事大吉的事，而是要参与，并制定规则。

法华寺里晒了许多被子，这同场所极不协调，怎么办？在荷兰，我们有类似的经验。我们曾经一个社区、一个社区地谈，社区里怎样协调好停车和儿童在街头玩耍的问题？大家要坐下来共同讨论，不能仅是我制订规划，你执行。而是平等地讨论，达成共识，然后双方共同遵守，这就是规划中的“大斑马线主义”。中国规划在许多硬件上已经够了，但他们缺这类管理软件。做规划是一种坚守，我在深圳华侨城项目就守了15年。

● 在中国参加规划评议时，人们经常有一句话问我：请给我中轴线。这真的让我很为难。为什么一定要中轴线吗？换种别的表现形式不行吗？巴洛克风格的表现手法是中国规划的唯一语言吗？它对项目合适吗？我觉得，什么项目按什么方式开发，就好像什么花长在什么土地环境一样，不能用一个模子去硬套。

中国这样的模式还有很多，如可持续发展、以人为本等一类的口号；一套套的术语加在项目设计上，但设计师常常对路线都不清楚，地形都搞错。所以我建议业主，不用管他是什么大设计院、大公司，要问这个项目是谁动的手，是谁画的。

● 规划是预测，从本质上是为未来服务的，而不是抄袭过去。例如道家文化，你把龙虎山搬来又怎样？因此，我很感兴趣的是年轻人现在怎么消费，怎么旅行、娱乐。他们每天中午还回家吃饭吗，老年的父母还在家里做饭吗，他们的收入情况怎么样使用？从这些细节看懂现实，看明白项目是怎么回事，这是规划的基础。

● 教育要从观察开始，从熟悉自己的环境开始。我接触的许多中国学生，对北京天安门都很熟悉，但自己家门口的两棵树却不清楚，所以才有规划师没有业主熟悉道路的情形。长此以往，业主就会怀疑你的专业能力。

● 我从头到脚都是尺寸，规划是逻辑性很严密的东西，我这只手已经画了40年，现在还在画，这就是同中国那些“院士”不同的地方。

● 我刚来中国工作时，我是最年轻的。现在，我却是最老的了。中国正在发生大尺度的变化，你看我7年后再来湖州，湖州的城市就发生了很大的变化，更重要的是领导都变得如此年轻了，这是了不起的。只有中国这种有深厚文化根底的国家才有这种飞速的变化，在我见过的非洲没有，东南亚其他国家也没有，这是中国的希望。

入夜，孟大强先生一高兴，便请我们喝他从法国带来的红酒。但酒店的服务员却为红酒杯发愁，并暗示不久要下班了。同中国许多酒店一样，她们不会鼓励客人的热情，也不会表现出好奇，甚至为好玩的事“入伙”的快乐。“这就不是旅游目的地的气氛。也许下一次我该同她们讲什么是旅游、什么是玩儿。一个只有爱好玩，身心完全放松的人才能搞好旅游。”孟先生在离开湖州的车上笑道。（杭州－广州 2006）

规划师不是地毯上的乞者

大约2个世纪以前，从欧洲到中国的商船在海上要行驶半年以上，而今天我们去欧洲旅行已经只要10个小时左右。中国同欧洲的地理距离已经大大缩短了，然而，我们在思想上的距离却并未因此成比例地接近。面对全球市场化的今天，中国人应多向欧洲学习，在城市设计、旅游开发和地产运作领域，我们要开动到欧洲的“思想采购”之船。这是世界著名规划设计大师孟大强给我们的启示。

孟大强这个名字很中国化，而且他一口流利的北京腔调，也很容易使人觉得他是地道的中国人。但是，错了，这绝对只是表象。

只有深入的谈话才能揭示他的深度：一种令人难以企及的世界性视野和见识。

他的确出生在北京，但很小就远走他乡。他在台湾、印度住过，在德国念书，生活工作在荷兰及欧洲多个城市，近年又在新加坡工作。大陆业内人士对他熟知的原因，是因为深圳最著名的旅游景区，深圳华侨城的规划即出自他的手笔。

一般地，他礼貌有序地讲普通话，但当他在紧张地思考，要阐述他40多年城市设计的深刻经验时，他的语速会加快，不时会有英语的句子、法语的词汇，甚至德语、荷兰语和西班牙语、意大利语的人名、地名和专业名词。这不是在卖弄，这就是他的世界，他用一生阅读过无数的城市，他的灵魂总是飘浮在整个欧洲的上空。

五一长假后的这个中午，他飞到香港，下榻在港岛郑裕彤家族久负盛名的丽晶酒店，眼前远眺是维多利亚港美丽的海景。他请我在八楼富有法国情调的Brasserie餐厅午餐，法国红酒是该店老板特别推荐的，味道不错。当然，我们依然谈的是关于旅游设计、旅游地产以及城市设计的话题。

我给他介绍了我们最近完成的武夷山、神农架旅游策划项目以及出版不久的著作《概念地产与思想采购》。这位目光柔和的长者一直在点头，认真倾听。

思想采购这个提法很好，很有意思。孟大强说，这是拓展视野的好方法。我同一般大学教授不同的地方正在这里，我满世界跑，爱玩，老顽童一个，而不仅是从书本到书本。这恐怕也是思想采购吧。尤其中国目前的城市设计和旅游地产、旅游设计要多向欧洲学习，采购一些成功的思想。中国向欧洲学习是对的，因为我们都有古老的文明要继承发扬的问题，美国就不然。

总的来说，中国向欧洲进行思想采购的是城市设计中的经验，这是欧洲几百年市场经济环境下摸索出来的东西，主要包括要处理好5个方面的内容：

一、关于尺寸的把握问题

城市设计、土地开发与街区建设存在很强的经验性，见多识广，用心体味世界上富有特色的城市，就会明白，在城市的大结构中，建筑物或一切人类的创造物都有一个恰当的尺寸把握问题。太大、太小都不合适。如登山的缆车和索道建设多遭非议，其实是个尺寸的把握问题。阿尔卑斯山有上千部登山梯，却没有什么反对之声，就是个尺寸把握的经验问题，欧洲长期开发的经验值得我们学习。合适的尺寸产生美的趣味和和谐的情调，找不到这种同自然相容性的感觉的设计，就是失败的设计。

二、关于动与静的关系处理问题

现代城市设计的核心就是交通和汽车问题。古典城市是前工业文明的产物，因此街道经纬分明，其核心的元素是静的建筑物。但现代城市在核心建筑物中有上、下、左、右；步行、车行等极其复杂的交通状况，因此，动态的空间设计更重要。在我们面对维多利亚湾的太古广场往下望去，就可以看到这种极其复杂多元的交通景观，这里是香港著名的建筑设计事务所王欧阳的杰作。

这种复杂而有序的思维方式值得研究。这样包含交通接驳、购物、休闲、旅业、会议、餐饮及多种复杂功能的建筑将在中国越来越多，设计师要完成这种思想的采购工作，实现思维方式的转换。

三、 要处理好新与旧的关系问题

中国同欧洲一样，都有很悠久的历史和文明，古老城市不是一次性的消费品，不是现代化的负担，而是值得珍视的东西。耶路撒冷和巴黎建设得好，就因为完整地保留了古城，新城完全建在外面。阿姆斯特丹有上千年的历史，最初是由水坝广场前的街区发展起来的，城市的有机生长充满趣味，恰恰是生长过程是重要的。这条历史的脉线不能忘记。

四、 要处理好少与多的关系问题

旅游区也好、城市街区也好，填得太满总是不妙。需留出足够空间允许社区自然生长。就如深圳华侨城一样，结构和框架是最主要的，细节和内容可以随着时间的延续去自由发展，这样才有活力。对于旅游区而言，我们要尽量节约使用自然资源，我们不是过完这一百年就不用过日子了。对于自然，破坏和过分的放任宠爱都可能是有害的。理解人与自然这种协调关系需要经验。我喜欢用步行来体会城市和旅游区，昨天我们在香港半山的登山梯步行了几个小时。我们发现，步行者的感觉很舒适，不像中国内地，面对汽车，步行者总有低人一等的感觉。这种感觉同设计者的思维有关。

五、 要善于处理变化问题

现代城市的设计，核心的内容就是应对变化，城市设计要有极大的包容性，要能对变化的格局做出恰当的反应，要能容忍多种可能性和生长性。在全球化的背景下，各种人群和思想的互动将前所未有地加强，现代交通是现代化的核心内容，我们不能条块分割地处理问题，要学会整体协调地处理问题。

当然，并不是欧洲的一切都是好的。有一些欧洲的设计者为了经济的利益，来到中国，唯业主的要求是从，已经失去了独立的精神，我们称之为 Carpet Beggar（地毯上的乞者）。向欧洲学习好的东西，可以让我们少走弯路。这是“思想采购”的一个很好的方向。（香港 2006）

高尔夫运动正走向中国世纪

目前，中国已经成为世界第五大高尔夫国家。高尔夫运动走进中国已经20多个年头了，虽然遇到过很多困扰和阻力，但从这两年中国高尔夫运动飞速发展看，高尔夫运动正成为人们追捧的“时尚运动”，并日益大众化、平民化。我们预言，中国高尔夫运动大发展的时机已经来临。日前，严忠明博士同高尔夫策划专家杨晓成先生就高尔夫运动在中国的发展问题，进行了有趣的对话。

高尔夫运动本土化已经开始

杨：从统计数据来看，目前中国的高尔夫球场大概是300个左右，但这是不准确的数字，因为这只是登记入册的。中国目前还有很多球场是没有申报的。许多体育公园、游览区与相关项目配套的所谓练习场，有3个洞的，有9个洞的，还有18个洞的，其实就是完整的球场，这是正走旺的市场造成的，市场规律使然，这说明中国的高尔夫潮流发展是势不可挡的。

如果按美国2万个球场的规模比较，广东省应该有800个球场。日本是1.2亿人口，只有中国一个省那么大，就有2000多个球场，这说明中国的高尔夫运动还处在初级阶段。目前中国打球人数有500万人，估计递增量每年30%，如果持续5年的话，这个数字就很可观啦。这说明高尔夫运动同美国、澳大利亚一样，正在变成一种大众运动。

严：中国过去20多年的经济改革开放发展，有很多东西都是跟美国学的，包括工业体系、信息产业和生活方式。有趣的是，高尔夫球作为美国生活方式的典型运动形态，却是进入中国最慢的。但现在看来，这种趋势是挡不住的。

在中国有个很有趣的现象，据报道每个省的招商引资比例跟本省的高尔夫球场以及打球人数是成正比的。也就是说，衡量一个省的经济水平是否发达，看看它有多少个高尔夫球场和打球的人数就知道了。

杨：这种说法很有道理。广东的球场比例数几乎占了全国的一半，上海稍少一些，因为起步比较晚。现在全国的球场集聚地就在广东、北京、上海，还有像云南、海南这种旅游地区。

我觉得，中国的高尔夫运动真正才开始，这标志就是高尔夫运动的本土化趋势。现在中国的打球人数急剧增多，原因就是国内本土人也开始打球了，人们开始认识到高尔夫运动的真正魅力。

高尔夫（golf）以绿色（green）、氧气（oxygen）、阳光（light）、散步（foot）为其运动宗旨。想想看，在碧绿的草坪、空气清新的环境里，约上三五好友到球场去挥挥球杆，看白球划过天空形成美丽的弧线，听球杆在风中挥动的声音，这一切不能不说是一种都市人渴望已久的享受，所以高尔夫能成为了世界上最受欢迎的体育休闲运动。

中国下一代领导人可能是高球高手

杨：不可否定，我们对高尔夫运动还存在许多认识误区。在国内过去有人认为高尔夫与腐败是等同的，在特殊的历史阶段还被冠之为“腐朽的资产阶级生活方式”。如一些政府官员利用公款消费使群众意见颇大，加上亚洲人的好赌特性，通常又让球场成为赌场，因此，给公众造成了与腐败等同的错觉。但这绝对不是高尔夫运动的全部事实，爱赌的人可以把一切运动当成赌局，把一切娱乐当成腐败。其实，高尔夫运动的本质，是一种广泛的老少咸宜的大众运动。

现在就有明智的高层领导谈到，高尔夫是很好的一种运动，可以把身体锻炼好，国家限制的是不允许公款消费高尔夫，而不是禁止高尔夫运动，这就是进步。

据调查，美国的15位总统里面，有12位就是打球的高手，连总统都挡不住高尔夫球的魅力。前几年克林顿来北京，就是为一场比赛开杆，克林顿一记漂亮的开杆，赢得满场喝彩。其实美国的高球运动普及程度很高，同领导人的认识和喜爱有关。按目前中国的发展，也许我们也可以期待，中国下一代领导人可能会是高球高手。中国需要勇敢的高层官员出来打球。

严：中国社会舆论一般还认为，高尔夫运动是贵族运动，门槛太高。在中国高尔夫运动走的是贵族路线，一般要成为高尔夫俱乐部会员需缴纳几十万的入会费，再加上价格不菲的相关配套产品，如球杆、服饰等，费用太高，平常老百姓消费不起，这也大大制约了高球运动的发展。

杨：随着我国社会和市场经济的发展，人民生活水平的提高和消费观念的转变，许多球场已适时推出了“低价位大众路线”策略，将高尔夫的门槛大大降低了，高球运动已不再是富人的专利，更多的平常老百姓加入到这一运动中来，这是一种好的趋势。

据统计，目前世界上90%的高尔夫球杆是在中国生产的，这是高尔夫运动走中国化、低价位、大众路线的良好条件。我们要走出一条前无古人的新路子，为国内的高尔夫建立一个新的里程碑，让高尔夫突破发展的瓶颈，其中周密的策划会给中国高尔夫带来生机。

严：在国内刚开始发展高尔夫球场时，建设用了一部分良田，因此造成有高球占地、圈地，侵占农田的说法，其实这是一种误解。在西方，很多高尔夫球场是建于垃圾场、荒山甚至沙漠上。我觉得国家对待这个问题，可以做一些政策性的调整，不能一概封杀。

杨：用良田来建球场不行，有错就改，不能因一个问题就抓住不放。其实在中国大部分的球场也是建在垃圾填埋区、坟场、荒地、海边滩涂，都是没有办法直接栽种农作物的地方，而在这些土地条件比较恶劣的地方建球场，是有益无害的。球场大面积的草坪建设可以使噪声降低20分贝；也可以改善气候，如球场草地夏天能够降低的温度就在3摄氏度左右。

严：现在还有很多不同的说法，如污染太多，包括使用农药，这方面的争议比较大。

杨：为什么说球场污染大呢，因为草坪太娇贵，需要养护，要用农药、肥料等。但美国人做过实验，一个人从20岁打球，每天打18洞，打到70岁，50年他吸入的农药量仅是世界卫生组织规定的安全标准的1/5，由此可见它对人的身体健康没有多少损害。设想一下，如果球场的污染大属实的话，怎么会有这么多人去打球，尤其是那么多美国人。

严：农药的残留物长期留在大地中，可能会对整个生态环境造成影响。

杨：中国是农业大国，哪块农田不用农药，通通都在用。美国的环保意识够强了吧，但它也要使用农药。我不是说完全没有影响，就看人们怎样减少它对周围环境的污染。

严：对，这是和农业生产状况进行的类比。同时，我也知道在高尔夫产业的发展中，现在出现了很多生物农药，可能在自然界中降解，这些状态都在不断改进中。

杨：据我所知，有些球场被迫在用鸡粪，鸡粪的有机元素的含量跟高尔夫草坪要求的比较接近，不会造成太大的污染，但味道确实太难闻。如果公众认为这是制约球场发展的一个因素，那么这个问题一定会很快得到解决的。

一个有价值的全球性产业集群

严：据统计，广东省高尔夫用品年生产产值已占广东GDP总量的5%，这是一个值得注意的事实。这是广东产业结构中的一个新的增长点，必然会带来越来越多的从业者。在全球化的产业来看，高尔夫球运动是世界第一大体育产业。我觉得在中国的企业界、运动界，尤其是政府主管部门，要深刻地意识到这一点。这个潮流只能跟着它走，不能背叛它的发展规律。

杨：韩国2003年上半年统计报告说，背着球具出国打球，在机场登记的有

5000多人，这样一年要出境打球的就应有1万多人，现在发展到2万人都是正常的。韩国人出境首选的应该是中国，但更多的是跑到泰国去打球，这是不正常的。

目前中国旅游界还没有完全意识到这是个巨大的商机，这就是产业合作的问题，大家各自为政，各不相干地争取最大利润化，没有形成统一的营销模式。高尔夫旅游应该是大有可为的，因为韩国人来中国打球加上机票，费用比在当地还要便宜。因为日本、韩国甚至东南亚土地紧张，球场少、打球的人多。打球都很贵，这就是中国的商机。

严：这很好理解，像香港那样高度都市化后，就没有建球场，只有10个练习场，新加坡还好，有20多个球场。

杨：目前打高尔夫的人数急剧增多还同商业发展密切相关。比如在广东商业发达的地区，高尔夫运动除了对身体健康有利之外，更多的是跟商贸活动联系在一起，很多企业领导引领着企业高层往球场跑，所以现在大小生意都在高尔夫球场谈。

杨：高尔夫球场的建立，从原来境外资金为主转为本土资金为主，受到了国内越来越多的投资者关注，这是好事。但我认为做高尔夫的心态要正常，动机要明确。做球场是为了什么？如果现在还把球场当成超暴利的行业，这个观念已经过时了，现在不像以前做球场，收钱收到手软的时代过去了。

严：也就是说，对本土投资来讲，营利模式要搞清楚。

杨：高尔夫球场经营，作为高尔夫产业中生产制作、服务和消费三个重要环节中的服务和消费环节，现在并不是特别需要扩大市场占有率，而是要提高自身服务水准，要让客人进了高尔夫的门，就有五星级的享受，随之产生其他相关消费。目前国内大部分的球场服务有问题的，欠缺经过良好培训的各方人员。

所以说要好好研究营利模式。原来的利润主要来自于球证的收入，新的营销要考虑用别的营利项目，如果服务做得好，客户愿意掏钱进行其他消费，如吃饭、住宿、卡拉OK等等。

严：我觉得高尔夫产业除了在球场的管理和经营赚钱外，根据我们做策划的经验来看，还有两个方面：一是高尔夫产业工业园概念；中国本身就是一个制造大国、世界性的生产工厂，把球具的生产，包括产品集散、买卖和境外输出规范化，对高球产业将产生莫大的帮助。目前世界上90%以上的杆头生产来自中国内地和中国台湾地区。标着美国品牌的球具40%均在亚洲进行装配和生产。中国已经成为球具加工大工厂，深圳、中山、东莞、广州、上海等沿海开放城市，正逐渐成为世界品牌高尔夫用品商的加工生产基地。有专家预计，去年，中国的高尔夫产业已超过479亿元人民币。中国的高尔夫用品市场迎来了前所未有的发展机遇，孕育着巨大的商机。

另外，高尔夫产业还可以延伸出去，如高尔夫地产。如观澜湖的别墅概念，据估计一个球场投资才7000多万，一栋别墅可以卖到2000万~3000万元，卖几栋就可以保本。

高尔夫产业链经过策划可以拉得更长一些。像你所策划的“高尔夫产权式会员酒店”就非常成功，而平民化的休闲度假会员制，也让高尔夫运动低下了高贵的头颅，这说明高尔夫运动中国化、平民化、休闲化非常有前途。

杨：严格来说，球场内主要还是打球。国外的高尔夫概念做得很好，球场是球场，而球场的周边，各自开发。而中国的模式则是在球场里面来做别墅，盲目扩大面积，大搞重复建设，使得球场建设缺乏规划；这种情况要改变。体育娱乐用地产权是30年，这同住宅70年的产权年限有冲突，需要变通。高尔夫地产卖的是概念，等质的房子在球场内外差价一倍都是很正常的。

高尔夫运动需要好的策划

严：高尔夫球运动的策划，包括打球及相关的服务行业，目前在国内许多方面都有空白点，从你的经验来看，高尔夫产业还有哪些环节需要策划。

杨：球场在中国的发展是必然趋势，但现在做和五年前初做心态完全不同。

其一，球证暴利时代已经结束。建球场跟原来的成本已然不同，原来设计球场，都是由外国公司来做，100万美元设计一个球场比比皆是（尼格劳斯亲自设计是300万美元），光设计费换算成人民币就要几百万甚至2000多万，而且要先付款后设计，费用太高。现在从设计、造型、维护、管理都在本土化，这就使得成本降下来了。

其二，行业的定位也要搞清楚，高尔夫从业者要做好充分的准备，要有一个合理的期望值。目前中国高尔夫运动的税金很高，20%的税，这是不合理的，这就阻碍了它成为大众休闲的运动。如果建造成本、人员管理成本下降，国家税收以及土地相关的政策可以正常发展的话，那么高尔夫的投资总成本将大大降低，这是未来的趋势。因为建造成本降低，资金压力大大减少，不急于成本回收和发售球证，就使球场管理会朝着良好的方向去发展。

培育市场已经不是现在的核心任务了，中国打球的人数已经相当庞大，目前最重要的是高球的一些相关引导和教学工作。中国现阶段的球会服务意识淡薄，要倡导服务意识，并延伸球场里的相关服务，比如会议中心，尤其是更大众化的球场会员制，正走向休闲度假的模式。这样，扩大了资源的边际效用，实现了资源共享，随之也增加了相关的消费。

还有在中国不可回避的是高尔夫地产概念和相关的制造产业链的发展。最近美国高尔夫制造业上市公司的股票狂跌，原因在哪？因为现在的球具制造基地已经转到中国大陆，特别是广东。世界著名的企业都到中国来了，主要是因为制造成本便宜。

严：美国生产一支球杆的成本是30美元，在中国则是1美元，差距太大，导致美国和我国台湾企业纷纷到大陆来进行生产。

杨：虽然目前制造的核心技术仍掌握在美国人手里，但中国的生产企业成长迅速，随着时间的推移，高尔夫生产就会像手机、电脑等行业一样会本土化。现在在很多工业园区内，中国的企业都在加紧研发，比方说钛合金的压制技术，金属的提炼技术都在做。所以说，你们在观澜策划的高尔夫工业园概念是非常好的，其优势是迅速搭建平台、出品牌，对中国高尔夫产业进行大洗牌，节约了厂家的营销成本，节约了用户购货决策成本，降低了销售商物流成本，扩大了海内外的市场，把工业园塑造成了品牌，走出亚洲，影响世界。你们的这个策划出来后，全国至少又出现三个类似的项目。到目前为止，虽然大家开始想做，但都还没形成气候。这么大的一个市场，像深圳的观澜，不仅仅是影响到广东、中国大陆甚至是东南亚和世界高尔夫产业。

严：我们的研究表明，中国的确可以建立一个全球性的采购中心，要用品牌进行营销。品牌越大，其物业也越有号召力。

杨：我的期待是，中国的球具制造业及其相关的制造业，能有自己的品牌延伸出来，这是高尔夫产业发展的关键。就像国内的汽车制造业一样，它将成为世界上第三个制造业的增长点。

高球运动是一种体验经济

严：总结目前高球运动在中国的发展趋势，从策划的角度看，市场的需求和业务包括：第一，球场的建设，包括如何选点、市场预测、投资可行性分析及营利模式；第二，球场管理以及深度开发高尔夫球产业，如会议、培训、交流活动、比赛等等；第三，建立高尔夫球制造业的品牌，为其提供走向世界的平台；第四，从整体的运作模式上把高尔夫运动和地产概念相结合、区域发展相结合。通过专业的数据及策划服务让投资风险降到最低。

杨：中国大陆任何地区的球场，我们都可以提供最翔实和最科学的数据分析、经营理念和策划方式。区域有差异性，球场不是千篇一律的，包括经营模式也不能一成不变。比方说，广东球场的经营模式和别的地区肯定是不一样的，它的市场、环境、气候都对球场的经营有影响，所以要针对不同区域，针对当地的经济发展，让球场的盈利达到最大化。高尔夫目前急需解决的是本土化问题，只有实现它的本土化，才能突破高尔夫发展的瓶颈。

严：这就是需要自己的团队、自己的经营理念，把美国或欧洲的一些概念改良为具有中国特色的理念。

杨：高尔夫运动的精髓是不变的，但在中国做，一定要本土化。比如，中国有世界上最大的高尔夫球场，可是没有中国特色的高尔夫设计。客人进入球场以后，应得到人性化的服务，他所看到的、感受到的印象都是很棒的，是他在其他球场没见过的、没享受到的，如电脑系统中记录了会员的个人特殊喜好，根据他的喜好而提供相应个性化的服务。

一个有远见的投资者要立志建造有中国特色的球场。现在的球场同质化的多，如果能形成真正中国风格的球场，那将是高尔夫的大地震。

严：根据你的经验判断，具有中国特色的球场，可以在哪些环节突破？

杨：目前的球场还不能完全定位为一个纯运动类的行业，因为行业具有很强的娱乐休闲性质。其参与的人数之广，经济效益之显著，包括赞助、广告、奖金、球员本身的收入，已超过拳击运动员、篮球运动员，超过任何一个行业，甚至是足球。

严：据说，泰格·伍兹（Tiger Woods）5年时间赚了10亿美元，而篮球飞人迈克·乔丹（Michael Jordan）则是10年时间才能赚到10亿美元，所以说高球运动所带来的利益是全世界所有行业最高的。

杨：但实际上在国外高尔夫却是大众化、平民化的运动。由于高尔夫在中国还没有一个规范、严格的运动标准，我们可以在很多方面进行深化，比如说球场的景观建造方面，桥、水是必备的自然景观，它有一定的娱乐和观赏性，我们可以营造出一种特别的气氛。

严：就是说，建球场在造园理水的时候，可以使用中国手法。

杨：对，比如从一个球洞到另一个球洞的途中，可以建一些有中国特色的亭台楼阁，让客人中途在里面休息或观赏风景。楼阁里还可以准备琴棋书画，供其观赏或以中国式的茶道招呼客人，这在世界上可是绝无仅有的。因为球员中途是可以随便吃喝的，而这些具有中国特色的服务都是可以提供，也是世界高球中的一个亮点。

严：这就是体验经济。我们早晨在汤泉高尔夫球场打了九个洞以后，就在山坡的凉亭里喝了一碗冰冻绿豆糖水，感觉非常好。

杨：可以试试朝中国化表现本土艺术的球场方向发展，这是一个新的挑战，因为全世界都没有。比如服务区的中国人穿传统长衫就非常中国化。球员和工作人员可以穿着唐装，像进入时光隧道回到古代，这是很有意思的事。球员比赛上场前搞一个盛唐大典之类的仪式，很新鲜的一种尝试，这在国外是没有的。

严：体验经济的核心是，球场就是舞台，球员和工作人员共同做一台戏，这台戏可以是一个历史情景的再现，也可以是一种特别的社区生活氛围的体现。当你到了球场以后，就像进入迪斯尼的奇幻旅程一样，作为一种特殊体验表现出来，而不仅仅是单一的运动。我们把中国化或具有中国特色的高球运动定义为，中国文化式的体验经济方向，它就是旅游的一种形态。

杨：球童一般都会戴帽子，我觉得可以设计一些有民族特色的帽子，你见过中国少数民族戴帽子吗？多么有趣。包括整个会所，都可以打造成特殊的风格，现在全都是西洋派照搬过来的，没有民族特征、没有差异性。

严：从规划学的角度来看，西方的规划实际上就是用几何图形来表现场景，场景的方式不是方就是圆，要不就是直线的大道和方形的大广场。而在高尔夫球场设计中则是手掌形沙坑，不规则的圆形的果岭，这种图形是一种欧洲风格。但东方对山水的处理和造园理水讲究借景，步移景异，如从窗户里看出去就是丰富的山景，而且它还会随着人运动时的视线变化而变化，我觉得这些手法都可以用，中国特色是一个很值得探讨的问题。

中部崛起与中国高尔夫金三角

杨：中国球场向北方和向内地发展是必然的，国家大力推行西部旅游大开发，发展高尔夫运动应该是一个方向。

严：研究中国地理环境可以发现，广东之所以出现这么多球场，除了经济发达以外，很重要的一个原因就是气候问题，一年四季都适合打球，观澜的10个球场之所以盈利，就是因为能够保证长年的客流，但长江以北地区的球场盈利就会困难些。

杨：韩国的纬度、加拿大的纬度，全都和广东不同，但高球的历史证明了是可以盈利的。冬季高尔夫球场的管理及运作，关键是如何保护草坪问题。“野火烧不尽，春风吹又生”，其实草是有很多品种的，热带气候、亚热带气候、海岸气候以及内陆高原气候的草种均不同。

严：中国目前的高球运动主要集中在东部和旅游地区，像广东、上海、北京、浙江、福建、海南、云南这些地区发展得比较快。

我觉得从大趋势看，特别值得重视的是中部的崛起，目前旅游界重要的议题就是休闲旅游经济，而高尔夫则是休闲旅游经济的重中之重。投资高尔夫对中部企业家和省份来说，是中部崛起中的一个重要投资机会，包括湖南、湖北、江西、安徽、广西、贵州，江苏、河南、四川，这些拥有大片的土地资源和良好的自然环境区域，都可以作为未来高尔夫式的休闲经济的一个投资点。这是未来中国中部经济崛起的一个重要经济增长点。

杨：这跟我的观点完全相同。我的研究，湖北就很有前途。高尔大运动将成为未来人们的休闲时尚运动，成为年轻人的日常生活方式。中部地区是承上启下的衔接地，如果自身解决不了问题，怎么去延伸？东部怎么往西部延伸、南部怎么往北部延伸？所以说中部是一个很重要的部分，特别是武汉，有很大的空间。

严：我也一直在思考这个问题，中国未来的高尔夫球运动最适合发展的是一个三角区域，即从广州连线到武汉，京广铁路这一段，这是南北向；东西向是从武汉沿长江连到上海；从上海再连回广州。中国内陆长江南岸的这个三角区域，是未来中国最适合做高尔夫球场的地方，也是目标人群最多的地方，今后的中国高尔夫球旅游业的增长点就在这个三角区域里。

杨：从自然环境、气候，以及经济发展水平看，的确是最适合的。

严：湖南、湖北、江西这些省份，都在探讨经济发展的出路，其实他们应该用具有全球化发展的眼光来看未来的区域发展，应该对这方面去做一些探讨。在全球化的今天，只有把握先机、勤于思考的人才有未来。可以预言，高尔夫运动的中国化将是未来中国经济发展中的一个有价值的增长点，我们期待更加有远见的整合者。（惠州 2006）

探索高尔夫球场设计的中国规则

我们犯错误的原因，经常并非因为不够聪明，而是不够专业。让我们看一个讨论高尔夫球场选址的个案吧——

一条美丽的溪流从基地中欢快地穿过，溪流的左边是一块相对平坦的丘陵和林地，右边是较高的山坡。根据这个可能的开发计划，二年后这里要建成一个美丽的高尔夫球场。

同陈川源先生在重庆挥杆

甚至连最马虎的观察者，也能很快发现这个地方的特征：溪流右边的林相明显比左边要好看，左边的桉树林整齐排列成行列式，如操练的步兵，令人失望地单调乏味；而右边的山坡地植被丰富，在近溪流的河床边呈现出勃勃生机，多样性明显。

显然，是那条溪流让整个山林活起来了，具有了旅游地的丰富和生动。因此，人们认为，要在这个地方建高尔夫球场，最好在溪流边，要远离那片令人生厌的桉树林。如果沿着小溪一直向下，把整条溪流包容在球场中，那该是一个多么美丽而尊贵的球场……

想出这么好的主意，当然需要聪明的推理和对景观的把握。但遗憾的是，有人敢站出来说，这种想法是错误的。这个人就是马来西亚的高尔夫球场设计师陈川源先生。

他1981年开始做球场设计，近年在中国已设计了多个球场。他既经历了中国高尔夫球场的飞速发展时期，也经历了目前高尔夫球场建设在中国的调整阶段。我想他不可避免地一直在思考，中国式的高尔夫球场到底应该如何建？

他对这块基地提供了如下看法：

● 你们说得很对，这块地上最美的是那条溪流，那是这个地方的灵魂。正因为如此，高尔夫球场决不能独占这个稀缺资源，球场没有那么重要。要知道，高尔夫球场应该甘心做地域发展的配角，要尽量地把最好的地让给旅游目的的其他项目，如别墅、酒店等。

把那些桉树林和不太好利用的荒地留给我们处理吧，高尔夫球场是来为整个地块提升价值的，不能太霸道，太喧宾夺主。当然，如果我们的球场能有一二个洞临近溪流，利用溪流的美景，我已经特别高兴，特别满足。我们可以把那片桉树林改造成美丽的球场，这就整体提升了这块地的价值。

● 高尔夫球场并不是封闭的上流社会的乐园，而应该成为公众共享的场所。因此，球场设计要坚持共享原则，它是打球者的场所，也是居住者和旅游者的景观。球场要同其他对这块土地拥有权利的人共同分享资源，它的设计要考虑更多经过的人，从不同的角度可以欣赏它的美，从而被这种老少皆宜的运动潜移默化。

● 要尽量保护那些自然的植物、树林，尽量保持当地特征和丛林气息，我把它称为自然主义的设计。球场从本质上说，不存在什么中国风格，只要能保留自然的环境，本身一定可以设计成一种美的风格。

曾经有一位业主要把球场建在一个很漂亮的山头上，我极力说服了他。试想山上建一个球场，山坡上全是建筑，一切都人工化了，自然消失了，山林不是丧失了基本的特征吗？自然才是永恒的，人类的手不要去破坏这成千上万年形成的特征和趣味。

● 所以球场不仅是来耗费土地资源的，它更应该是来创造价值的。美国的球场往往球道做得非常宽，我常想，这不适合于土地非常紧张的中国。因此，在中国设计球场，我们要节约用地，要为业主创造环境价值。

这需要有一种整体观，如果占尽了土地的最好资源和景观，我们会很不安；如果为了节约土石方工程量，破坏了整体区域的使用，同样也不可取。我们的任务是希望业主花一元钱能创造价值千元的效益，这才是设计师的专业眼光和追求。

如此，我把陈先生的高尔夫球场设计的“中国原则”总结为：

一、高尔夫球场要甘当区域发展的配角，即配角原则；

二、球场要学会让更多的人共享，即共享原则；

三、球场要自然至上，把运动的精神体现在对自然的深度发掘上，即自然原则；

四、球场要为整体区域发展创造环境价值，即价值原则。

中国高球运动仅仅走过了20年的历程，应该承认，我们的许多决策者聪明、自信，但要命的是缺乏世界视野和谦逊的态度。我们还要向这个世界的能人们学习更多的东西，更大范围地进行“思想采购”。

同样可以预料，如果中国政府目前对高球政策的调整，不能在用地选址及设计思路上正确引导，形成更适合中国国情的指导性理论，只是一味指摘高尔夫为贵族运动、奢侈消费，那么，这种调整政策，就会面临继房价调整政策以后的另一次失败。（深圳 2005）

一个同大地对话的人

坐飞机的时候，陈川源先生喜欢靠窗的位置，他会利用一切可能的时机，观察大地。

从万米高空看下去，山川与河流、平原与湖泊，大地复杂的地貌构成无穷变化的曲线，就像上帝创作的一个巨大尺度的高尔夫球场，而飞机就像这个奇妙的球场上飞来飞去的小白球。

他从上帝有关大地的作品中吸取灵感，从那里学习优美的弧形和沙坑的设计方法、果岭的成形和障碍树的排列技术，然后把它像灵魂附体那样制作在那些从前默默无闻的山坡上，让它仿佛一夜间散发出迷人的光芒。

这就是高尔夫球场的设计工作。通过这个过程，人们为土地赋予了新的意义，一种奇特的表达方式和意志，甚至是一种神圣性。

这种说法是否有点过头？一点也不。我曾做过一个关于人类利用山体的有趣的比较研究，发现大约海拔3000米是一个分界线。中国古人不爱太高的山，尤其雪线以上的山在古人的游记里很少提及。如明代著名旅游家徐霞客去过云南的丽江古城，但游记中就未提到玉龙雪山。古人把中国的高山一股脑交给了神仙和传说。

按中国地貌，自西部的峨眉山以东，几乎全为3000米以下的山。这些山已全部被人工化了，主要特点是几乎全部交给了宗教庙宇，所谓庙宇夺山势，僧侣守天门。这就是中国传统文化的山顶定位法：不是直接交给传说中的上界神仙，就是交给声称能与神仙菩萨交流的和尚和道士们，总之不是俗人的世界。中国的名山大川的风景中充满了这类暗示和符号。世俗的人只有顶礼膜拜的份，没有对话的位置。

但是，人们对于命运，对于人与自然的思考并没有就此停止。那些国粹力量尽管很强大，但也挡不住思考的刺刀。现代文明其实在用全部的事实证明一个基本的常识：神是不存在的。如果说有什么是确定的、不可避免的，那就是人生欢乐的有限性、生命的短暂和时间无情的流逝。从骨子里接受这点，是一个现代人应有的基本态度。所以，这就是那些真正理解科学的人，始终保持着的一种清醒的此时与当下感的原因，他们顺应不可避免的规律生活，并作为人生的向导，坦然接受一切自然过程。

记得曾看过李约瑟的传记，这个一辈子从事科学研究的学者，在90多岁时去世前的情景。管家看到李约瑟已生命垂危，便轻轻对他说：博士，你是知道的，上帝的旨意就是这样的。李约瑟博士费力地点头，不久就离开了人世。其实这里所说的上帝，并不是作为偶像被人们崇拜的上帝，而是斯宾诺沙的上帝，即永恒的自然及其规律。

多么豁达的态度，需要对生命过程的透彻了悟和全部接受。这同中国文化中的粉饰和欺骗是多么的不同。这就是对人的尊重：每个人都有权选择自己的生活和命运，并知道真相。

好了，还是说高尔夫吧。高尔夫球场开创了另一个我们与自然对话的道场。它利用人的智慧，在同样是大尺度的山川之间，塑造了一个带有即时与当下的欢乐与悲伤的人间圣地，人的技巧与忘我体验可以使自己变成自然过程的部分。人在这里不再需要神来打搅，他自己就是神。

不认可有神的存在，但并不妨碍我思考严肃而神圣的话题。相比之下，我更愿意在人间，在球场这样的显示人的创造力的地方。因为有了高尔夫，目前的中国，尽管有世俗的力量在默默对抗，但中国的旅游已经在进步了，已经在向文明的世界靠拢，我确认这点。

陈川源先生是个实践性的设计师，他拙于这样表达。他来中国十年了，对中国山河有很深的理解，其实我觉得他对人在山川河流中的创造，就是现代人对自然的基本理解。我们在重庆考察一个基地，只见他在群山中沉默寡言。他一头花白的乱发像一只安静的狮子，脸庞棱角分明，目光总是停留在遥远的地方，不时会进入一种深深的冥想状态。这给我留下了深刻的印象。

也许大师都是这种表情吧。回到深圳，我便同严思柔去听傅聪纪念傅雷诞生100周年的钢琴音乐会。我惊讶地发现，原来傅聪已是一位形体枯瘦的老人。他一身黑衣，在一架黑色钢琴前，坐着一张黑色的凳子，仿佛整个人就是一个黑色的琴健。我想，这老头迟早会变成钢琴的一部分，或者某个零部件的。

他总是很快地进入音乐，进入一个完全自我的世界。他只弹奏海顿、萧邦和莫扎特的曲子，找不到一点点娱乐和流行的元素。许多故作风雅的所谓观众在座位上扭来扭去，他只是不理，遁入自己的世界里遨游。我发现他的脸上，就有一种深深的冥想神情。

临了，傅聪好像从梦中走来，傲然歪着头向观众致意。一鞠躬，向那些拼命咳嗽的好心人；二鞠躬，向那些交头接耳的风雅之士；三鞠躬，向那些望子成龙的有钱佬。他嘴角仿佛挂着一丝冷峻的讥嘲。在你的面前，他永远只有一个悄然无声飘过的人影，一个音符。

人世间总有一种人，通过自己的创造之手，获得了某种神性，这也许才是最可尊重的。同钢琴的命运不同，高尔夫在中国还深陷误解和荒谬之中，并没有人去一一辩说；但深入其中的人却有道不同，不与为谋的感觉。许多发烧友告诉我，那里有人在自然中，或者说人与自然对话中的简单的快乐，并不高深。也许天地有大美而不言，也应该包括这种感觉吧。（重庆－深圳 2008）

南怀瑾的三支烟

由苏州的东山岛远望太湖南岸，在流向上海的苏州河的源头处，那里有一座桥的地方，就是庙港。当地人说因为风水好的原因，这里出产太湖最好的大闸蟹。近桥的湖滨有一个大院落，面对环湖马路的大门前壁上写着“太湖大讲堂”，那就是90高龄的国学大师南怀瑾的隐居之地了。

因为一个特别的机缘，我在星夜里叩开了南怀瑾先生的门。

在路上，我一直思绪连翩。老实说，我对国学的理解始终有些糊涂，尽管那些历史上的典籍多少都翻过一下，但对那些命题却始终纠缠不清。这一方面是因为中国古典著作不像西方著作论点、论据层次分明；另一方面是，中国的先贤许多述而不作，往往言简意赅，歧义重重。慢慢地，我便有了一个对国学的总的印象和理解，从内容和逻辑上分析，觉得不过是一种复杂的伦理学超市，辅之以微言大义的阐释传统，就像于丹那些明星们发扬光大的那样。至于对自然和现代社会问题的回答，指导个人如何安身立命，应该是捉襟见肘的。国学真的还那么有用吗，其思想精华到底有谁能明确地说清楚？长期以来，我在不断的失望中等待有一个人回答。

所以，有机会面对南怀瑾先生这个著作等身，堪称誉满天下、名动公卿的人，本身就是一种智力的冒险。我不会错过这个机会，决定挑出两个阴险的问题向先生请教，目的当然很明确，我要决定我未来对待国学的基本尺度。

小车进入那栋仿佛是20世纪30年代的建筑风格、有门厅和回廊的别墅时，我的问题已经形成。我想借大人物费正清来表达问题的深度和严肃性，并期待南怀瑾先生有一个明确严谨的反驳和阐述：

费正清的研究指出，中国汉代时仅6000万左右的人口，这个人口数量一直变化不大，要直到18、19世纪，才出现大的增长，达3亿以上；另外，中国许多的先贤，比如孔子、孟子等，一生的足迹不超过家乡300公里。那么，我的问题是，这些先贤在视野如此有限，社会环境远为简单的年代，总结的理论和思想，对我们当今中国13亿人的社会还有现实的指导意义吗？

第二个问题则是上一个问题的递进：国学的内圣外王之道到底指什么，如何实践？就这些。我想我这样的学者，现在大概怀了一种刺客般的勇气吧。

然而，进门就发现，我的问与答的设想，立即被屋中的场景击碎。老者南怀瑾先生身边坐了好几位正襟危坐的人士，相比之下，南先生倒是最为普通的样子。

南怀瑾先生让我做的第一件事，居然是请我吸烟，并一定要亲自为我点烟。我注意到他面前有两包烟，一包是中华、一包是熊猫，据说他一天要吸两包烟。在同他谈话的20分钟里，他就亲自为我点了三支烟，根本无法推脱。

记得南怀瑾先生在许多地方演讲时，总爱说自己是个“一无是处，一无所长”的老顽童，现在看来还真有几分像。他一面慢条斯理地吸着烟，一面毫不吝啬地把赞扬恭维之词送给面前的每一个人。他不是称对面的一位先生是百科全书，就是说某位人士道行高深；当然我的复杂的学历也被他注意到，甚至我脸上一颗痣同谁像，他也不放过地评说一通。

听了我提的问题，他平静而摄人的眼神从我面前扫过，立即说了一通令我惊讶莫名的话。他说：

费正清根本没有搞懂中国文化，外国人研究中国文化的话靠不住。

你知道中国文化有多长？二百五十万又二千年。前二百五十万都失传了，研究一下《元命苞》就知道了。《红楼梦》里贾宝玉出家时烧了哪三本书你知道吗？

我一脸茫然，只觉得他不按牌理出牌，完全文不对题。正如张尚德教授初次听南先生讲课的体会：天马行空，东一句，西一句，很想上去打他一顿。

南先生越说越来劲，还不断引经据典：

那三本书是《元命苞》、《参同契》和《庄子》，贾宝玉悟道了，所以出家了……中国现在的学术状态，总之一句话，古今已断，中外不接……

内圣外王之道，是需要修证的。简单说，就是做好事，做好人。其实，真正得道的人，就不会讲这些了。你的问题，是好大的题目，要写好几本书呢……

所以，做学问不能靠它谋生，是有闲功夫的人做的。要学习中国历史，就应该通读二十六史，不能仅仅研究断代史……

真是闻所未闻。如果这话是别人说的，我可能要毫不客气地走人了。但眼前这位学富五车，古代典籍从诸子百家讲到四书五经、从儒道释讲到炼丹修持，从大陆讲到台湾、从台湾讲到美洲的世纪老人，吸完他的三支烟，在他的太极大法中，我承认已经彻底晕了。

这个老顽童的思维系统同现在的学术规范是多么的不同啊。其实，他的书中就充满了这一类的矛盾和悖论。

他的生平中有许多修身记载，但他却随心所欲，至今一天还吸两包烟；他不断对来自各地的慕名者指点修道迷津，但他讲课经常挂在嘴边的一句话是：道教、佛教、儒教，我只相信睡觉。他还常常说，我的书是混饭吃的，当不得真，但他又一直在认真解说。真有点佛说不可说，不可说，但终其一生还在说的味道。

是中央电视台救了我。重放的四川汶川大地震义演节目吸引了南先生的注意。我得以有机会沉思眼前的一切。我不明白，我精心准备的问题，是如何被南先生瓦解的。他仿佛是在用一种奇怪的方式告诉我，我的问题根本不存在，是学外国人的思维，建立在一连串靠不住的推论基础上的。

据说以前牛津大学的学生，就是教授用烟斗熏出来的，是不是就是南先生的这种架势呢。这位老顽童本来就是一位老禅宗大师，是一位广受崇敬的修道者。他是否就是用这种方式解构我固有的逻辑，不想在我设定的语言圈套里浪费时间，告诉我其实逻辑和命题并不是全部的知识，并不是一切都可以用逻辑证明，用语言表达的？讨论中国文化的是非，仅仅从语言上问为什么，没有修道的实践，只不过是一些可以胡乱否定的妄言，难道这就是中国传统的禅宗中的棒喝吗。

我看到他屋里墙壁上挂着一副对联：开张天岸马，奇异人中龙。的确，他用他的学问和声誉，90高龄良好身体状态以及依然敏捷的谈话向世界证明，他坚持修道的东西必定有某种宝贵的真理，但我们不理解和正在遗忘。

我在这位老禅师双手合十的送别中黯然离去，觉得尽管我们是不折不扣的中国人，其实真正有关东方的注重修道的思维方式，我们已经很陌生了。

我在思维上从来没有这么痛苦过。有谁能告诉我，不落言诠，雪爪鸿泥，我该如何开悟？（杭州－深圳 2008）

帮助客户发现新大陆

人们喜欢把赚钱比喻淘金。试问一下，在这个过程中，是找金矿重要，还是挖金矿重要？各人所处的位置不同，或许有不同的看法。这几天，美国来的比尔先生，用自己的中国之行，也明确回答了这个问题：作为一个咨询顾问，在当今世界，可能帮客户寻找金矿资源，比告诉客户如何挖金矿更重要。

我叫他比尔先生，是因为我们有一位共同的意大利朋友，大家因私交而相识。其实他全名为Wiliam Billeaud，美国Lombard Global 公司总裁，美国资深地产和商务咨询顾问。

这是他第一次到中国，此行的目的，是为美国一些重要的客户寻找投资机会。谈得投缘，又是同行，于是我很快便变成了他的导游和项目洽谈成员，带着他在珠江三角洲疯跑。期间，我们有很多广泛而有趣的对话。

中国目前像什么？比尔先生一路上在问这个问题。因为这个问题，达拉斯的客户们正反复在问他。

他的第一印象是，这里像美国的芝加哥、纽约；尤其深圳、广州，他很喜欢。时尚、繁荣，充满活力，十分现代化。

还在两三年前，如果你向达拉斯的地产大佬们讲中国，他们会用怀疑的眼光打量你。但现在，他们不再怀疑，他们不想听你讲南美，甚至欧洲的故事，他们对谈论中国的事特别感兴趣。他们会说，哦，说说中国吧，也许我们会学到一些新的词。所以，作为一个咨询顾问，我们必须搞清楚中国到底在发生什么，必须帮助他们，确保他们的投资升值。

第二天，当我们的车辆飞驰在高速公路上，掠过工厂和田野，看到一闪而过的都市纵深带时，比尔先生的判断变了。他反复说，这里很像他熟悉的墨西哥，因为他懂西班牙语和意大利语，曾长期往来欧洲和墨西哥之间做生意，他很了解发展中国家。

他发现深圳和惠州的许多地方还不能用Master Card 和Visa Card；高速公路还在用年轻漂亮的女孩收费；中国公司还在吹嘘自己有多少员工，而不是以利润为衡量公司成功的标准；某大公司的办公大厦厕所里居然没有手纸，如此等等。

他在思考，我们美国公司真的有必要进入这个发展中国家吗？我们应该采用在南美同样的经商策略吗？

第三天，我们已经洽谈了几个项目，包括住宅地产、商业地产和旅游地产。他已经看了很多的中国人，走过了很多的山水。他的看法又有了明确的变化。他已经敏感地发现：中国是独特的，她不同于南美和东南亚的任何其他国家，中国就是中国，休想用世界其他地方的经验来对付中国问题。

开放而友好的人民、充满机会和活力的国土、庞大的市场需求神话、勤劳而廉价的劳动力等，都给他留下了深刻的印象。对于一个来自英语世界的人来说，这是一个真正陌生的世界。但令人惊奇的是，这个世界又以他熟悉的规则在高速运作。

他的数学很好，大脑计算得很快。他马上发现，对于达拉斯的投资大佬来说，这就是富含金矿的新大陆。这正是他将告诉人们的结论，这里的机会和风险并存，但值得深入探索。

比尔先生的三段论式的对中国看法的变化，倒令我感到惊讶了。我发现，美国文化的冒险精神在比尔先生那里可谓表露无疑。他们不仅能够极快地有所发现，而且对探索陌生的世界充满热情。

他向我们解释，作为前期投资研究，美国公司会付给他足够的费用，美国社会鼓励咨询顾问的这种探索，因为他们深刻认识到，决策研究本身即是一种投资行为，并非一种简单的花费。并不像中国许多公司对待咨询顾问的态度，要等投资见效后才付费，或者干脆几乎不花钱搞招标，决策研究的质量根本没有保证。

比尔先生的逻辑其实很简单，以他20多年在全球做地产的经验，中国的情形没有同类项，这就意味着中国完全是一片新大陆。而新大陆的发现，就意味着有可能为客户开拓蓝海战略。所以，回到达拉斯，他只需要像哥伦布当年做的那样，告诉人们，他发现了一条可能有金矿的路。

告诉人们如何挖金矿的人多，有眼光找金矿的人少，这就是中国咨询业的现实。比尔先生的中国之行，向我昭示了这种有趣的差异，我突然明白，全球投资机会甄别和较量，可能是未来企业竞争的最重要方式。（深圳 2007）

严忠明讲座妙语录

▶全球化是不可抗拒的发展潮流，互联网让我们超越了国界，把同样的电视节目和笑话传到每一个角落，沃尔玛把同样的电器和家具展示给人们，麦当劳把同样的汉堡包卖给过路的人们，人们在生活各方面的趣味都已非常接近，这就是市场经济的威力。

因此，我相信你遇到的问题没有什么特殊，在过去的几百年市场经济发展中，肯定也有人处理过。全球化思想采购，就是寻找这些宝贵的市场经验。

▶出国就是生产力。不要怕外语不好，听不懂可以看，也许更真实。

▶不会用英文google搜索的咨询公司，建议你离它至少100公里；它总有一天会因为目光短浅误人子弟。因为google已经成为时时更新的世界图书馆。

▶中国公司内的决策基本上是领导意志，一个人说了算。因为决策是表现权威性的行为，任何想发表异见的人，都会破坏这种潜规则，都会付出成本。因此，中国企业的转型和多元化经营大多会失败，这是因为主要决策者离开自己熟悉的领域，就会摸不到北。独立的决策咨询对于这类公司十分必要。

▶全世界对商人的指责都是一样的，投机、贪婪、不负责任；但如果没有商业人士的努力，我们就不会有新大陆的发现，也不会有我们今天对太空的了解。商业行为的一个重要成果，就是让人类了解了我们自己和环境。如果商业投资的市场行为给我们带来了许多负面的东西，这只能说，我们处理市场的策略还不够完善。

▶我认为，中国20多年改革开发的最重要经验，就是我们还要更全面学习西方搞市场经济的经验。

▶基于全球化思想采购的项目策划理论认为，在全球化的框架下，所有的投资所要解决的主要问题都类似，就同西医理论一样，人不分中外，胃病就是胃病，不用再搞金木水火土相生相克那一套。

▶策划是脑力活，不是体力活，许多人忘记这点，只会对业主一味迎合，忙前忙后，这是策划的末流。

▶策划队伍鱼龙混杂，人各有志。有的人像孙悟空，志在降妖伏魔，乐此不疲；有的人像猪八戒，一有机会就准备放弃取经，一头扎进高老庄，做终身CEO去；也有的像唐僧，一饭一瓢，无非为赶下一程路，并不在意，目的是要取得真经，修成正果。

▶全球经济一体化的结果，使得全球化物资采购成为节约成本的有效方法。但我认为，这只是中国经济加入全球大合唱的初级阶段。全球化采购的最高形态是全球化的思想采购，网络经济的飞速发展已使这一趋势成为可能。随着中国市场经济的纵深发展，我判定目前的中国正在走入一个全球化思想采购的时代。

▶所谓思想采购方法，就是提倡虚心学习和研究别的地区和国家的市场环境下，同类投资和商业运作的成功与失败经验，为我所用。而不是闭门造车，关起门来瞎想。这种方法能最大限度突破自己的决策视野，突破个人基本价值观的束缚，节约决策成本。这是我多年来对决策问题研究最重要的结论。

▶思想采购方法会给人带来意想不到的解决问题思路和启示。一般来说，思想采购有四个方向：向同类成功经验采购、向同类失败经验采购、向历史经验采购、向别的学科和行业采购。这四个方向可以最大限度拓展我们的思维领域。

▶策划不是简单的拍脑袋、出怪招，也不是傻乎乎地站在路边搞市场调查。我认为真正的策划是解决真问题，是提供有效的问题解决方案。一般来说，我们的策划是由理论研究、思想采购和市场调查三部分组成。理论研究可以确保我们找到真问题，思想采购可以最大限度拓展决策视野，而市场调查可以让我们把握市场的来龙去脉及其结构，这样形成的方案才是真正建立在科学决策基础上经得起考验的方案。

▶在处理信息大爆炸时代的复杂企业问题中，结构性思维方法最为有效。它要求最快地把握问题的结构、层次、元素及元素之间的关系，尽快地建构问题存在的逻辑基础和心智地图，这可以最快舍弃那些无关紧要的信息干扰，直奔主题，这对分析问题的关键点和解决问题效率最高。策划从这种意义上说，就是做减法。

▶理解问题是解决问题的第一步。一般来说，无论多么复杂的问题，都存在一个可以简化的元结构，只有把握了这个元结构，才有可能去解决问题。因此，研究问题的元结构存在方式，是对我们策划者的最大挑战。

▶我不想做那种头痛医头，脚痛医脚的赤脚医生。因此，我们的策划不得不建立在复杂系统论、混沌理论的研究结论基础上，这是我们同一般流行的策划最大的区别。根据蝴蝶效应的说法，我们相信太平洋上空蝴蝶翅膀的煽动，能改变北京的气候。更相信我们策划就是那只蝴蝶，它能改变你的命运。

▶同传统策划人不同的是，我坚持策划有限论。有些问题只能分析原因，没有结论。这同治病的道理是一样的，医学上至少有50%的疾病是无法彻底治疗的。科学同巫术最大的区别，就是承认有些问题无解。

▶全球视野已经演变成为一种竞争力，一种物质性的力量；这种竞争已经表现在国际、国家、地区、企业和个人的各个层面。全球旅行的经验使我确信这一点，这种趋势还将愈演愈烈。